I0613683

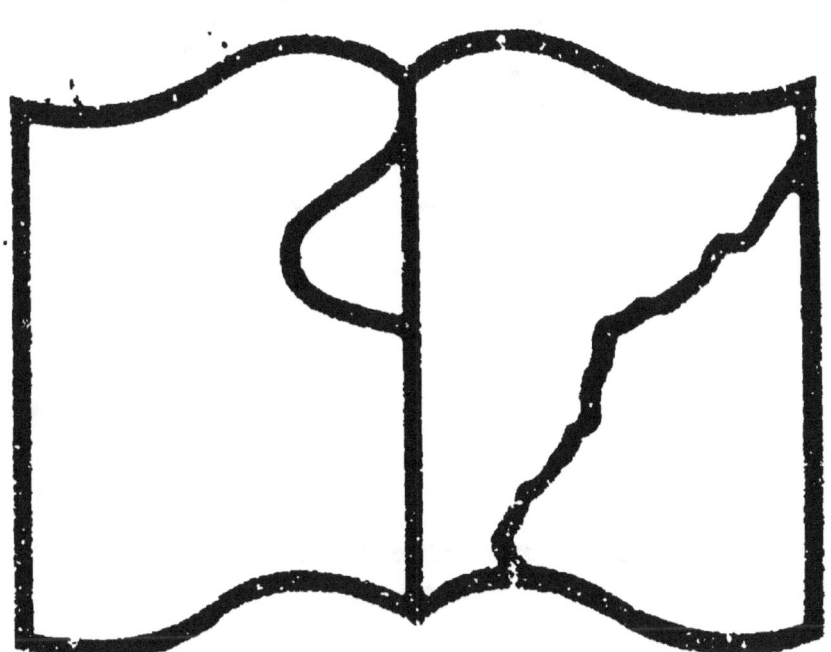

Texte détérioré — reliure défectueuse

NF Z 43-120-11

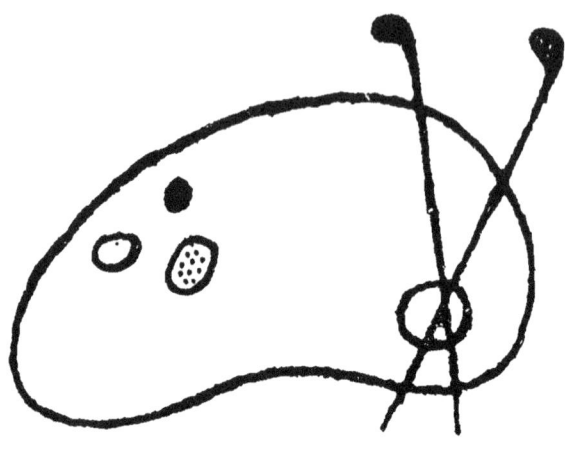

Début d'une série de documents
en couleur

BIBLIOTHÈQUE DES ÉCOLES ET DES FAMILLES

E. NESBIT

LA

FÉE DES SABLES

TRADUIT DE L'ANGLAIS PAR Mme JEANNE HEYWOOD

Ouvrage illustré de 60 gravures

PARIS

LIBRAIRIE HACHETTE ET Cie

79, BOULEVARD SAINT-GERMAIN, 79

Corbeil. — Imprimerie Ed. Crété.

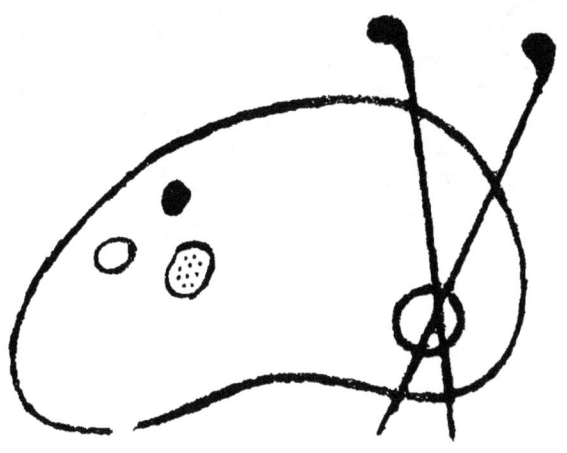

Fin d'une série de documents
en couleur

$8°Y^2$

22469

LA FÉE DES SABLES

COULOMMIERS

Imprimerie Paul BRODARD.

BIBLIOTHÈQUE DES ÉCOLES ET DES FAMILLES

LA
FÉE DES SABLES

PAR

MRS NESBIT

(Traduit par Mme HEYWOOD)

OUVRAGE ILLUSTRÉ DE 60 GRAVURES

PARIS
LIBRAIRIE HACHETTE ET Cie
79, BOULEVARD SAINT-GERMAIN, 79
1906

Droits de traduction et de reproduction réservés.

LA FÉE DES SABLES

OU LES SOUHAITS

I

LE SOUHAIT DE LA BEAUTÉ

Là maison où l'on allait passer les vacances était située à trois kilomètres de la gare, mais la voiture roulait à peine depuis cinq minutes que les enfants commençaient déjà à mettre la tête à la portière en demandant :

« Est-ce que nous ne sommes pas bientôt arrivés? »

Chaque fois qu'on passait près d'une maison, les enfants s'écriaient :

« Est-ce là? »

Enfin, au sommet d'un coteau, après avoir longé une carrière de craie, on aperçut une maison blanche avec un beau jardin sur le devant et un verger derrière. Un peu plus loin se voyait l'entrée d'une grande sablonnière.

« Nous y voilà, dit la mère.

— Comme la maison est blanche! fit observer Robert.

— Et vois donc toutes ces roses! dit Jeanne.

— Et les belles prunes! ajouta Anna.

— Ce n'est pas trop mal! » daigna prononcer Cyrille.

Et le bébé demanda aussitôt à « descendre promener ». La voiture s'arrêta ».

Tous voulant descendre à la fois, on reçut bien

quelques coups de pied, mais personne n'y prit garde.
Pendant que la mère faisait transporter les bagages dans
la maison et payait le cocher, les enfants se précipitaient
dans le jardin et dans le verger, explorant les buissons
et les fourrés, picorant les fruits et se poursuivant les
uns les autres avec mille cris joyeux. Bref, ils avaient
tout visité à fond avant qu'on pût les décider à rentrer
pour le goûter.

Ils avaient tout de suite pensé qu'ils se plairaient à la
« Maison Blanche », comme ils l'appelaient déjà, et cette
impression ne fit que se confirmer. Rien de plus char-
mant que cette villa dont tout un côté était tapissé de
jasmin en fleurs embaumant l'air à la ronde. Et la
pelouse verte et unie, dont le gazon ressemblait si peu à
l'herbe jaunie des jardins de la grande ville; et l'étable,
surmontée d'un grenier où restait encore un peu de foin,
où l'on pourrait se rouler avec délice; et la cabane à
lapins dans laquelle Cyrille se pinça le doigt. Enfin,
pour comble de bonheur, on n'apercevait nulle part,
comme à la ville, de ces vilains écriteaux portant les
mots « Défense de toucher aux fleurs », « Défense de
marcher sur l'herbe », en un mot défense de tout ce qui
est amusant.

Nous avons dit que la Maison Blanche était située au
sommet de la colline. Derrière le verger s'étendait un bois
avec, d'un côté, la carrière de craie et, de l'autre, une vaste
sablonnière. En bas de la côte se déroulait la plaine où
l'on voyait de ci, de là, comme de curieuses petites tours
blanches où l'on brûlait de la chaux. Il y avait aussi une
grande fabrique de bière et une quantité de maisons et
d'usines. Au coucher du soleil, quand les grosses cheminées fumaient, la vallée semblait noyée dans une brume
dorée et prenait l'apect féerique d'un paysage des
« Mille et une Nuits ».

Les grandes personnes ont beaucoup de peine à croire au merveilleux. Il leur faut toujours ce qu'elles appellent des « preuves ». Mais les enfants sont en général de meilleure composition; ils croient presque tout ce qu'on leur raconte, et les grandes personnes le savent bien et ne se font pas faute d'en abuser. C'est ainsi qu'elles

Les enfants se précipitaient dans le jardin.

viennent vous dire que la terre est ronde comme une orange alors qu'il vous est facile de vous rendre compte qu'elle est tout simplement plate et hérissée d'irrégularités qu'on appelle des collines ou des montagnes; ou bien encore qu'elles vous affirment que la terre tourne autour du soleil, alors que, matin et soir, vous pouvez voir de vos propres yeux le soleil se lever et se coucher, tandis que la terre reste bien tranquillement à sa place.

Ces choses-là, mes jeunes lecteurs les croient-ils? S'il en est ainsi, ils n'auront pas de peine à croire qu'avant la semaine écoulée, Cyrille, Anna et les autres eurent découvert une fée. C'est ainsi, du moins, qu'ils la désignaient entre eux, car si peu qu'il parût lui convenir c'est le nom qu'elle s'était donné, à elle-même, lors de leur première rencontre dans la sablonnière dont il a été question plus haut.

Bientôt après leur arrivée, leurs parents s'étaient vus obligés de partir subitement, leur père pour affaires et leur mère pour se rendre auprès d'une parente âgée et malade. Après leur départ, la maison parut aux enfants vide et silencieuse. Ils erraient d'une chambre à l'autre ne sachant que faire pour s'amuser. Enfin ils eurent une heureuse inspiration.

« Prenons donc nos seaux et nos pelles, dit Cyrille, et allons à la sablonnière faire des châteaux dans le sable comme si nous étions à la mer.

— Papa dit que la mer venait autrefois jusque-là, fit observer Anna et qu'il doit s'y trouver des coquillages datant de plusieurs milliers d'années. »

On se mit en route. Naturellement ils avaient été déjà jusqu'au bout de la sablonnière, mais ils n'avaient osé y descendre avant d'avoir demandé à leur père la permission d'y jouer. Chacun des enfants avait emporté sa pelle et portait à tour de rôle celle de l'Agneau. C'est ainsi qu'on avait surnommé le bébé parce que la première syllabe qu'il eût jamais dite était « Bêê ».

La sablonnière était vaste et assez profonde ; sur les bords poussaient de l'herbe et des fleurettes sauvages jaunes et violettes. Avec un peu d'imagination on pouvait se figurer que c'était la cuvette d'un géant. On y voyait des monticules de sable et aussi de grands trous creusés par les ouvriers et, plus haut, dans les parois à pic, les mille ouvertures dans lesquelles ces petites hirondelles qu'on appelle des martinets bâtissent leurs nids.

Les enfants commencèrent par construire un château
de sable. Mais c'est un jeu dont on se lasse vite quand
on ne voit pas s'avancer la marée qui bientôt envahira
les fossés, emportera le pont-levis et surtout vous trem-
pera jusqu'au dessus des genoux. Cyrille proposa ensuite

Cyrille se pinça le doigt dans la cabane à lapin.

de creuser une caverne pour y jouer aux contrebandiers,
mais les autres eurent peur d'un éboulement qui pourrait les enterrer vifs. On finit donc, après force discus-
sions, par se mettre à l'œuvre pour creuser dans le
sable un grand trou qui devait aller jusqu'en Australie.
Ces enfants, on le voit, savaient que la terre est ronde
et que de l'autre côté il y a vraiment des petits garçons
et des petites filles qui marchent la tête en bas, comme

les mouches au plafond. Et ils creusaient, ils creusaient avec ardeur, les mains rouges et brûlantes, et le visage tout luisant de transpiration. Quant à l'Agneau, après avoir essayé de manger du sable qu'il avait pris pour de la cassonade, et pleuré très fort en s'apercevant de sa méprise, il avait fini par s'endormir, étalé au beau milieu du château inachevé, ce qui permit à ses frères et sœurs de travailler ferme sans être dérangés à tout moment.

Le trou, qui devait aboutir en Australie, devint bientôt si profond, mais si profond que Jeanne pria les autres de s'arrêter.

« Si le fond du trou allait céder », dit-elle, et que nous tombions tout à coup au milieu des petits Australiens, ce serait du joli! Et puis, d'abord, ils auraient du sable plein les yeux!

— Oui, dit Robert, tu as raison. Ils nous prendraient tout de suite en grippe, nous jetteraient des pierres et ne nous feraient voir ni les kangourous, ni les opossums, ni les autruches. »

Cyrille et Anna, les deux aînés, savaient bien que l'Australie n'était pas tout à fait aussi près que cela; ils consentirent néanmoins à ne plus creuser avec leurs pelles mais à se servir de leurs mains. Cela n'offrait, du reste, aucune difficulté, car au fond du trou le sable était sec, doux et fin comme au bord de la mer, et tout entremêlé de fragments de coquillages.

« Quand on pense, dit Jeanne, que dans le temps les vagues de la mer venaient jusque-là et que c'était plein de poissons, de congres, de corail et de syrènes.

— Et qu'il y a eu des vaisseaux espagnols qui ont sombré par ici avec des trésors. C'est cela qui serait fameux, si nous pouvions trouver un doublon d'or! ajouta Cyrille tout fier de son savoir.

— Comment est-ce que la mer est partie? demanda
Robert.

— Pas sur un bateau, toujours, petit nigaud, répliqua
son grand frère. Tu n'étais donc pas là quand papa
nous a expliqué que la terre, en dessous, avait eu trop
chaud — comme il nous
arrive à nous-mêmes quel-

« Viens vite, cria Jeanne,
c'est vivant, ça bouge! ».

quefois quand nous sommes couchés — et qu'alors elle a
remué ses épaules, et que la mer a glissé, — toujours
comme le feraient nos couvertures, — laissant passer un
bout d'épaule qui s'est changé en terre sèche. Mais cher-
chons donc des coquillages et allons voir si ce n'est pas
le bout d'une ancre de vaisseau qui sort du sable, là-bas.
Il fait rudement chaud dans ce trou australien. »

Tout le monde fut de son avis, excepté Anna, qui
aimait bien à finir une chose quand elle l'avait com-
mencée, et qui aurait eu honte de quitter le trou sans

être arrivée jusqu'en Australie. Les autres, d'ailleurs, furent déçus, car ils ne trouvèrent pas de coquillages et ce qu'ils avaient pris pour le bout d'une ancre, n'était que le manche cassé d'une pioche.

Étant très altérés, ils venaient de se décider à rentrer à la maison pour boire de la limonade, lorsque tout à coup Anna, qui creusait toujours, s'écria :

« Viens donc, Cyrille! Oh, mais viens vite! c'est vivant! ça bouge! Vite, vite! ».

— Et tous d'accourir au plus vite.

— Je parie que c'est un rat, dit Robert. Papa dit qu'il y en a beaucoup par ici ».

— Peut-être que c'est un serpent, dit Jeanne.

— Voyons un peu, dit Cyrille en sautant dans le trou. Je n'ai pas peur des serpents, moi. Je les aime plutôt. Si c'est un serpent, je l'apprivoiserai. Et la nuit, il dormira enroulé autour de mon cou pour avoir chaud.

— Allons donc, fit Robert, un serpent c'est bien trop dégoûtant. Encore, si c'était un rat...

— Quand vous aurez fini de dire des bêtises, s'écria Anna. Ce n'est pas un rat, c'est beaucoup trop grand. Et ce n'est pas un serpent — ça a des pieds, je les ai vus, et des poils. — Non, pas avec vos pelles. Vous lui feriez mal. Creusez avec les mains. »

— Oui, pour qu'il nous fasse du mal, à nous. Pas de danger! dit Cyrille, en s'emparant d'une pelle.

— Je vous en prie, dit Anna. Cela a l'air bête, ce que je dis, mais je t'assure qu'il a parlé. Il a dit quelque chose.

— Quoi donc?

— Il a dit... »

Mais Cyrille affirma que sa sœur avait tout bonnement perdu l'esprit, et lui et Robert se mirent à creuser avec leurs pelles. Ils le firent, cependant, avec une cer-

taine précaution, tandis qu'Anna, au comble de l'agita-
tion, les regardait faire, tantôt assise sur le rebord du
trou, tantôt sautant dans le fond.

Bientôt chacun put voir qu'il y avait bien réellement
quelque chose de vivant qui bougeait dans le sable. Alors
Anna s'écria :

« Moi, je n'ai pas peur. Laissez-moi faire, et se mettant
à genoux elle se mit à gratter avec ses mains, comme
un chien quand il veut faire un trou dans la terre. Oh,
voilà que je sens sa fourrure, s'écria-t-elle moitié riant,
moitié pleurant. Je vous assure que je l'ai touchée ! »

Tout à coup une voix sèche et rauque sortit du sable
et les fit tous reculer, le cœur en émoi.

« Vous ne pouvez donc pas me laisser tranquille ! dit
la voix d'un ton bourru. Tous l'entendirent et se regardèrent avec stupeur.

— Mais nous voudrions vous voir, dit Robert courageusement.

— Je voudrais bien que vous sortiez : dit Anna
s'armant à son tour de courage.

— Eh bien, puisque tel est votre souhait, dit la voix,
je consens à l'exaucer. » Aussitôt, pendant que le sable
s'écroulait de tous côtés, quelque chose de brun et de
poilu sortit du trou et s'assit par terre en se frottant les
yeux avec les mains.

— Je crois bien que je dormais », fit la nouvelle venue
en s'étirant.

Les enfants se tenaient au bord du trou, regardant
l'étrange créature qu'ils venaient de trouver. Et certes le
spectacle en valait la peine. Les yeux placés au bout de
longues cornes, comme ceux d'un escargot, pouvaient
sortir et rentrer comme des télescopes ; ses oreilles
étaient pareilles à celles d'une chauve-souris ; elle avait
tout le corps, ainsi que ses bras et ses jambes recouverts

d'une fourrure épaisse et soyeuse, mais les pieds et les
mains lisses comme ceux d'un singe.

« Qu'est-ce que cela peut bien être? dit Jeanne. Si
nous l'emportions à la maison pour le montrer à
Marthe? »

La créature bizarre fit tourner ses longs yeux et les
braqua sur elle en disant :

« Est-ce qu'elle parle toujours comme cela, à tort et à
travers? Et qu'est-ce donc que cette horreur qu'elle
porte sur la tête?

Tout en parlant, elle regardait avec mépris le chapeau
de Jeanne.

— Elle n'a pas voulu vous blesser, dit Anna avec douceur. N'ayez pas peur, nous ne voulons pas vous faire du
mal.

— Me blesser! Me faire du mal! A moi! Vous parlez,
ma parole, comme si vous ne vous doutiez pas de ce que
je suis! Et tous ses poils se hérissaient comme ceux
d'un chat qui voit approcher un chien.

— Eh bien, dit Anna toujours d'un ton conciliant,
peut-être que si nous savions qui vous êtes, nous
pourrions trouver quelque chose à vous dire qui ne
vous fâcherait pas comme tout ce que nous vous avons
dit jusqu'à présent. Dites-nous qui vous êtes, et je vous
en prie, ne vous mettez pas en colère, car vraiment nous
ne le savons pas.

— Vous ne le savez pas? dit l'inconnue. Eh bien, je
me doutais bien que le monde avait changé, mais.....
Voyons, vous voulez sérieusement me faire croire que
vous ne connaissez pas une « Psammead » quand vous la
voyez?

— Une Psammead? Qu'est-ce que c'est que cela?

— En bon anglais, une Fée des Sables. Vous ne connaissez pas une Fée des Sables quand vous la voyez? »

Elle avait l'air si surpris, si offensé, que Jeanne se
hâta de dire :

« Mais naturellement, je vois bien maintenant que
vous en êtes une, cela se voit
bien. Il suffit de vous regarder.

— Il me semble pourtant
que vous ne
vous êtes pas
gênés pour me
regarder ! »

« Vous ne connaissez pas
la fée des sables ? »
dit l'inconnue.

grommela la fée d'un ton de mauvaise humeur, en commençant à s'enfoncer de nouveau dans le sable.

« Oh, je vous prie, ne vous en allez pas! s'écria
Robert. Parlez-nous encore. Il est vrai que je ne me suis
pas rendu compte tout d'abord que vous étiez une Fée
des Sables, mais j'ai tout de suite compris que vous étiez
quelque chose de merveilleux. »

Après ce petit discours, la fée sembla se radoucir quelque peu.

« Je veux bien causer avec vous, dit-elle, tant que vous serez suffisamment polis. Mais n'allez pas croire que je veuille me mettre en frais de conversation. Si vous me parlez gentiment, je vous répondrai.... peut-être. Allons, dites-moi quelque chose. »

Naturellement personne ne put d'abord rien trouver à lui dire. Enfin Robert prit son courage à deux mains :

« Depuis quand vivez-vous ici? demanda-t-il.

— Oh, depuis des siècles! plusieurs milliers d'années! dit la fée.

— Racontez-nous cela, je vous en prie.

— Vous verrez tout cela dans les livres.

— C'est vrai, dit Jeanne, mais nous ne vous y trouverons pas, vous. Dites-nous tout ce que vous pourrez; nous ne savons rien à votre sujet, et vous êtes si gentille! »

La Fée des Sables lissa ses longues moustaches, semblables à celles d'un rat, et se mit à sourire.

« Oh oui! je vous en prie! » dirent tous les enfants en chœur.

C'est étonnant comme on s'habitue vite aux choses même les plus étonnantes. Cinq minutes plus tôt les enfants ne se doutaient pas plus que vous qu'il pût exister une Fée des Sables, et déjà ils lui parlaient comme s'ils l'avaient connue toute leur vie.

La fée rentra ses yeux et dit :

« Comme il y a du soleil! C'est tout à fait comme autrefois. Y a-t-il beaucoup de ptérodactyles maintenant, et où prenez-vous vos mégathériums?

— Nos quoi? firent les enfants. On ne pense pas toujours à être poli dans les moments de surprise ou d'émotion.

— Enfin, qu'est-ce que vous prenez por · déjeuner,

reprit la fée avec une certaine impatience, et qui vous le donne?

— Nous avons des œufs au jambon, du pain et du lait, de la bouillie, et beaucoup d'autres choses. C'est maman qui nous les donne. Mais qu'est-ce que c'est que des Méga...., je ne sais pas le dire, et des Ptéro..... Y a-t-il des gens qui les mangent pour leur déjeuner?

— Je crois bien. De mon temps, presque tout le monde avait des ptérodactyles pour son déjeuner. C'était quelque chose comme des crocodiles ailés, et c'était très bon, rôti. Voici comment on s'y prenait. Il y avait, naturellement, dans ce temps-là, des quantités de fées des sables, et le matin de bonne heure on se mettait à leur recherche. Quand on en avait trouvé une, on n'avait qu'à formuler un souhait et aussitôt elle l'accomplissait.

C'est pour cela que les gens avaient pris l'habitude d'envoyer leurs enfants de bon matin sur la plage, pour avoir les souhaits de la journée. Très souvent on recommandait à l'aîné de demander un Mégathérium, tout dépecé et prêt à cuire, car il n'était pas facile de les tuer. C'était aussi grand qu'un éléphant, vous comprenez, et cela donnait beaucoup de viande. Si l'on désirait du poisson, on demandait un ichtyosaure, et comme ils avaient de vingt à quarante pieds de long, on était abondamment pourvu. En fait de volaille il y avait le plésiosaure, et, là aussi, il y avait de bons morceaux. Puis les autres enfants pouvaient souhaiter d'autres choses encore. Mais quand on avait du monde à dîner, on demandait presque toujours un mégathérium ou un ichtyosaure; c'était très délicat et très recherché.

« Mais il devait rester des quantités énormes de viande froide, dit Anna, qui avait des dispositions pour devenir une bonne ménagère.

— Pas du tout, dit la Fée des Sables, cela n'aurait

jamais pu aller. Aussitôt que le soleil était couché, tout ce qui restait se changeait en os. Il paraît, du reste, qu'encore aujourd'hui on trouve un peu partout des ossements de mégathérium.

— Qui vous a dit cela? demanda Cyrille. Mais la fée fronça les sourcils et commença à creuser rapidement le sable avec ses mains.

— Oh, ne partez pas encore, s'écrièrent tous les enfants. Parlez-nous encore du temps où l'on mangeait des mégathériums pour déjeuner. Est-ce que le monde était pareil à ce qu'il est maintenant? »

La Fée s'arrêta de creuser.

« Pas le moins du monde, répondit-elle. Il n'y avait presque que du sable là où je vivais; le charbon poussait sur les arbres, et les coquillages, les moules et les clovisses étaient grands comme des plateaux à desservir. On en trouve encore maintenant, quelquefois, seulement ils sont changés en pierre.

« Nous autres fées des sables, nous vivions sur la plage, et les enfants venaient avec des pelles en silex et des seaux, et construisaient des châteaux que nous habitions. Il y a de cela des milliers d'années, mais j'ai entendu dire que les enfants continuent à bâtir des châteaux dans le sable, tant il est difficile de perdre une habitude.

— Mais pourquoi n'avez-vous pas continué à vivre dans les châteaux? demanda Robert.

— Ah, c'est une triste histoire, fit la Fée d'un air sombre. C'est parce qu'on creusait des fossés autour des châteaux, et l'horrible marée arrivait et mouillait tout. Et naturellement, aussitôt qu'une fée des sables était mouillée, elle prenait froid et mourait presque toujours et c'est ainsi qu'il y en eut de moins en moins. Aussi quand on en trouvait une, on lui demandait presque toujours un mégathérium, et on en mangeait deux fois plus qu'il n'était nécessaire, parce qu'il pouvait s'écouler des semaines avant que l'occasion se représentât.

— Et vous, avez-vous jamais été mouillée? » demanda Robert.

La Fée des Sables frissonna.

« Une fois seulement, dit-elle, j'ai reçu un flocon d'écume sur le bout de la moustache. Je m'en ressens encore, dès qu'il fait mauvais temps. Je n'ai été mouillée que cette fois-là, mais je vous assure que cela m'a suffi amplement. Je partis aussitôt que le soleil eut séché ma pauvre moustache. J'allai, bien loin du rivage, me creuser dans le sable sec et chaud une demeure profonde, et c'est là que je suis toujours restée depuis. La mer, d'ailleurs, s'est de son côté retirée bientôt après. Mais en voilà assez, je ne vous en dirai pas davantage.

— Oh, seulement un mot de plus. Est-ce que vous pouvez encore accomplir les souhaits! dirent les enfants.

— Bien entendu, répondit la fée. Ne vous ai-je pas accordé celui que vous avez exprimé tout à l'heure? Vous avez dit : Nous voudrions que vous sortiez, et je suis venue.

— Oh, dites, est-ce que vous ne pourriez pas nous en accorder un autre?

— Oui, mais dépêchez-vous. Vous me fatiguez. »

Mes jeunes lecteurs se sont-ils jamais demandé ce qu'il feraient s'il leur était donné tout à coup de pouvoir formuler trois souhaits avec la certitude de les voir s'accomplir. Seraient-ils certains de pouvoir, à l'occasion, souhaiter trois choses utiles sans un instant d'hésitation. Les enfants en avaient souvent parlé entre eux, mais maintenant que l'occasion s'offrait subitement, ils ne trouvèrent rien.

« Allons, dépêchez-vous », dit la Fée des Sables d'un ton de mauvaise humeur.

Seule Anna put se rappeler un souhait qu'elles avaient souvent formé, Jeanne et elle, mais dont elles n'avaient jamais parlé à leurs frères, sachant qu'ils se moqueraient d'elles. Cependant cela valait encore mieux que rien.

« Je souhaite que nous soyons tous beaux comme le jour, » dit-elle en toute hâte.

Les enfants se regardèrent les uns les autres, mais chacun put voir que les autres n'étaient pas plus beaux que d'habitude. La fée sortit ses longs yeux et sembla retenir sa respiration, tout en se gonflant jusqu'à devenir deux fois aussi grosse qu'auparavant. Tout à coup elle laissa échapper sa respiration en un long soupir.

« On dirait que je ne peux plus, fit-elle d'un ton de regret. Je dois en avoir perdu l'habitude. »

Les enfants étaient horriblement déçus.

« Oh, essayez encore! dirent-ils.

— Il est vrai, dit la Fée des Sables, que je ménageais un peu mes forces, afin de pouvoir accomplir le souhait de chacun de vous. Mais si vous voulez vous contenter d'un seul souhait par jour, à vous tous, je suis à peu près sûre d'y arriver. Y consentez-vous?

— Oui! oh oui! dirent Jeanne et Anna. Les garçons se contentèrent de hocher la tête. Ils ne croyaient guère que la Fée fût assez puissante pour réussir. Celle-ci, cependant, étendit ses yeux le plus possible, et se mit à enfler, à enfler, à enfler.....

— Pourvu qu'elle n'aille pas se faire du mal! dit Anna.

— Ou se faire craquer la peau! » fit Robert avec inquiétude. Chacun éprouva un très grand soulagement quand la Fée des Sables, après avoir enflé jusqu'à remplir presque le trou, laissa subitement aller sa respiration et reprit sa taille normale.

« Ça y est, dit-elle tout essoufflée. Ce n'a pas été sans peine, mais ce sera plus facile demain. »

— Est-ce que cela vous a fait souffrir beaucoup? demanda Anna avec sollicitude.

— Seulement ma pauvre moustache, dit la Fée. Merci, tout de même. Vous êtes une bonne petite fille, pleine d'égards. Au revoir. »

Elle se mit à gratter le sable avec ardeur, des pieds et des mains, et disparut.

Alors les enfants s'entre-regardèrent, et chacun d'eux

La fée sortit ses longs yeux, tout en se gonflant.

crut se trouver subitement en présence de trois étrangers, tous d'une beauté radieuse.

Pendant quelques instants ils gardèrent un silence complet. Chacun pensait que ses frères et sœurs s'étaient éloignés et que ces inconnus avaient dû s'approcher subrepticement, pendant que tous regardaient la Fée se gonfler. Ce fut Anna qui parla la première.

« Pardon, dit-elle très poliment à Jeanne, qui avait maintenant d'immenses yeux bleus surmontés d'un nuage de cheveux roux, mais n'auriez-vous pas vu s'éloigner il y a un instant deux petits garçons et une petite fille?

— J'allais justement vous poser la même question », dit Jeanne; sur quoi Cyrille s'écria :

« Tiens, c'est toi! Tu es Jeanne, n'est-ce pas? Je te reconnais au trou de ton tablier. Et toi, tu es Anna. Je vois ton mouchoir tout taché, que tu as oublié de changer après t'être coupé le pouce! Ça y est bien, en effet! Le souhait d'Anna s'est réalisé tout de même. Mais dites-moi donc, est-ce que je suis aussi beau que vous autres?

— Si tu es Cyrille, je t'aimais mieux comme tu étais avant, dit Anna avec décision. Tu ressembles à ces images du petit Jésus, avec tes cheveux bouclés, et toi, si tu es Robert, tu ressembles à un joueur d'orgue italien avec tes cheveux noirs.

— Et vous autres, dit Robert à ses sœurs, d'un ton dépité, vous ressemblez à des cartes de Noël. Quant aux cheveux de Jeanne, ils sont tout simplement carotte. »

En quoi il exagérait, car les cheveux de Jeanne avaient cette teinte vénitienne si admirée des artistes.

« En tout cas, ce n'est pas la peine de nous critiquer les uns sur les autres, fit Jeanne. Allons plutôt réveiller l'Agneau, et traînons-le jusqu'à la maison. Il doit être l'heure de dîner. Ce sont les bonnes qui vont nous admirer, vous allez voir! »

Le bébé était justement en train de se réveiller lorsque les enfants arrivèrent auprès de lui, et chacun fut soulagé de voir que lui, du moins, n'était pas devenu beau comme le jour, mais qu'il était resté exactement le même que d'habitude.

« C'est probablement parce qu'il est trop jeune pour que les souhaits agissent sur lui, dit Jeanne. Ou peut-être est-ce parce qu'il n'était pas avec nous. »

Anna s'élança vers lui en lui tendant les bras.

« Viens avec Anna, mon trésor », dit-elle.

Le bébé la regarda d'un air mécontent et mit son pouce plein de sable dans sa bouche.

« Allons, viens, reprit Anna.

— Allez-vous-en! dit le bébé.

— Viens avec ta Jeannette, mon chéri, dit son autre sœur.

— Veux Anna, articula l'Agneau, tout prêt à pleurer.

— Allons, mon vieux, arrive, dit Robert. Viens sur mon dos, faire une course à dada.

Cependant l'agneau finit par se laisser porter.

— Méçant garçon, vilain méçant, » hurla le bébé, éclatant en sanglots.

Les enfants comprirent enfin. Le bébé ne les reconnaissait pas! Ils se regardèrent les uns les autres avec désespoir. Ce fut pour eux une bien mince consolation de ne rencontrer que les beaux yeux de parfaits inconnus, au lieu du bon regard amical et joyeux de leurs propres frères et sœurs.

« C'est vraiment du joli! dit Cyrille, lorsqu'il eut vainement essayé de soulever l'Agneau, qui se débattait

comme un beau diable. Il va falloir faire connaissance
avec lui et devenir amis. Nous ne pouvons pourtant pas
l'emporter à la maison pendant qu'il se débat et qu'il crie
comme cela. C'est égal, c'est trop bête! être obligé de
faire connaissance avec son propre frère! »

Il fallut pourtant en passer par là. Cela prit plus d'une
heure, et la tâche fut d'autant moins commode que
l'Agneau était altéré et avait une faim de loup. Il finit
cependant par permettre à ces étrangers de le porter à
tour de rôle jusqu'à la maison.

« Heureusement que nous voilà arrivés! dit Jeanne
en franchissant la grille pour s'approcher de Marthe, la
bonne d'enfants, qui se tenait sur le seuil de la porte
d'entrée, regardant avec inquiétude de tous côtés. Tenez,
Marthe, prenez le bébé » .

La bonne le lui arracha des mains.

« Dieu soit loué, lui du moins, est de retour! Mais où
sont ses frères et ses sœurs, et vous autres, qui êtes-vous
donc?

— Mais c'est nous, voyons, dit Robert.

— Qui ça, vous, demanda Marthe d'un ton dédaigneux.

— Quand on vous dit que c'est nous, reprit Cyrille.
Seulement nous sommes beaux comme le jour. C'est moi
Cyrille et eux sont les autres et nous mourons de faim.
Laissez-nous entrer et ne faites pas tant d'histoires. »

Mais Marthe, sans faire la moindre attention au discours
quelque peu sans façon de son interlocuteur, fit mine de
lui fermer la porte au nez.

« Je sais bien, dit alors Anna, que nous avons l'air tout
changé, mais je vous assure que je suis Anna, et nous
sommes bien fatigués, et l'heure du dîner est passée
depuis longtemps.

— Et que voulez-vous que j'y fasse? Rentrez dîner chez
vous si vous avez faim, et si ce sont nos enfants qui vous

ont donné l'idée de venir nous jouer cette comédie, vous pouvez aller leur dire de ma part qu'ils auront ce qu'ils méritent. Ils sauront ce qui les attend. »

Là-dessus, elle ferma la porte avec violence. Cyrille se pendit à la sonnette. Point de réponse. Au bout d'un moment, la cuisinière mit la tête à la fenêtre et leur cria :

« Si vous ne décampez pas plus vite que ça, je vais chercher la police.

— Il n'y a rien à faire, dit Anna. Partons vite avant qu'on nous fasse mettre en prison. »

Les garçons dirent que cela n'avait pas le sens commun et qu'on ne pouvait pas être mis en prison parce qu'on était beau comme le jour, mais ils suivirent les autres sur la route.

« Je pense que nous redeviendrons nous-mêmes après le coucher du soleil, dit Jeanne.

— Je n'en sais trop rien, dit Cyrille, tristement. Il se peut très bien qu'il n'en soit plus ainsi à présent. Les choses ont rudement changé depuis l'époque des mégathériums.

— Dites donc, s'écria Anna tout à coup. Si nous allions être changés en os après le coucher du soleil comme la viande des mégathériums ! »

Cette pensée la fit pleurer, ainsi que Jeanne. Les garçons eux-mêmes devinrent tout pâles. Personne n'eut le courage de rien ajouter.

Ce fut une après-midi terrible. Pas une maison dans le voisinage où les enfants pussent aller mendier une croûte de pain ou un verre d'eau. Ils n'osaient se rendre au village, ayant vu la cuisinière y descendre avec son panier au bras. Puis il y avait les gendarmes. Il est vrai qu'ils étaient tous les quatre beau comme le jour, mais c'est une maigre consolation quand on est tourmenté par la soif et qu'on a une faim de loup.

Ils essayèrent par trois fois, mais en vain, de pénétrer dans la Maison Blanche et de se faire écouter par les domestiques. Ensuite Robert y alla tout seul. Il espérait, en grimpant jusqu'à une des fenêtres, pouvoir entrer dans la maison et ouvrir la porte aux autres. Mais toutes les fenêtres étaient trop hautes, et Marthe, qui l'aperçut, lui vida un pot d'eau froide sur la tête en disant :

« Veux-tu bien t'en aller, vilain petit Italien ! »

Ils finirent par se résigner et s'assirent tous à l'ombre d'une haie qui bordait le chemin, attendant le coucher du soleil, et se demandant s'ils seraient alors changés en os, ou s'ils redeviendraient eux-mêmes. Chacun d'eux se sentait comme isolé et au milieu d'étrangers, et s'efforçait de détourner ses yeux de ses frères et sœurs, car bien que leur voix ne fût pas changée, leur visage était d'une beauté si éclatante qu'il était agaçant de les regarder.

« Je ne crois pas que nous serons changés en os, dit Robert, après un long et pénible silence, puisque la Fée des Sables a dit qu'elle nous accorderait un nouveau souhait demain. Elle ne le pourrait pas si nous n'étions que des os.

— C'est vrai, répondirent les autres, mais il n'étaient rien moins que rassurés. »

Ils retombèrent dans un nouveau silence, non moins long et non moins pénible que le dernier, silence interrompu tout à coup par une exclamation de Cyrille.

« Dites-donc, vous autres, ce n'est pas pour vous effrayer, mais je crois bien que cela commence déjà avec moi. J'ai la main comme morte. Elle est sûrement en train de se changer en os, et il va vous en arriver autant tout à l'heure.

— Ne te tourmente pas, dit Robert avec une bonté touchante. Peut-être que tu seras le seul à être changé en os. En tous cas, nous conserverons précieusement ta statue et nous l'ornerons de guirlandes. »

Mais quand Cyrille s'aperçut que sa main était tout simplement engourdie parce qu'il s'était appuyé trop longtemps dessus, les autres se fâchèrent tout de bon.

« Nous faire une telle peur pour rien ! dit Anna.

— Si nous en réchappons, dit Jeanne, nous demanderons à la Fée de faire en sorte que les domestiques ne puissent rien voir de changé en nous, quels que soient nos souhaits. »

Les autres poussèrent un simple grognement. Ils étaient trop malheureux même pour prendre de bonnes résolutions. Ils finirent par s'étendre sur l'herbe et s'endormir profondément. Anna fut la première à s'éveiller. Le soleil était couché et les étoiles brillaient au ciel.

Elle se pinça très fort le bras, et

« Veux-tu bien t'en aller, vilain petit Italien ! ».

quand elle vit qu'elle n'était pas changée en os, elle fit la même expérience sur les autres. Eux aussi avaient conservé leur sensibilité et s'aperçurent bien vite qu'on les pinçait.

« Réveillez-vous donc! leur dit-elle, en pleurant presque de joie. Tout va bien, nous ne sommes pas changés en os.

— Oh, Cyrille, comme je suis contente de te voir aussi laid que d'habitude, avec tes petits yeux d'écureuil, tes taches de rousseur, et tes cheveux en brousaille. Et vous autres aussi », ajouta t-elle afin de ne pas faire de jaloux.

Quand ils rentrèrent à la maison, ils furent vertement grondés par Marthe, qui leur parla des petits étrangers.

« Il faut être juste, disait-elle, ils étaient tous beaux comme le jour, mais d'un effronté, d'une insolence!

— Vraiment! » dit Robert, qui savait par expérience combien il serait inutile d'essayer de faire comprendre la chose à cette bonne Marthe.

« Mais pour l'amour du Ciel, où avez-vous été toute la journée, méchants petits garnements?

— Sur la route, tiens.

— Et pourquoi n'êtes-vous pas rentrés il y a longtemps?

— Nous ne pouvions pas, à cause d'eux, dit Anna.

— Qui ça, eux?

— Ces enfants qui étaient si beaux. Il nous a fallu rester avec eux, là sur la route, jusqu'après le coucher du soleil. Nous n'avons pu revenir que lorsqu'ils ont été partis. Vous n'avez pas idée comme nous les détestons!

— Oh, donnez-nous vite à souper, clamèrent les autres, nous mourons de faim.

— Je le crois bien! fit Marthe en bougonnant. Si ça a du bon sens de rester dehors comme cela, toute une journée! Enfin, j'espère que cela vous servira de leçon, et que vous n'irez plus courir avec un tas d'enfants qui sortent on ne sait d'où et risquer encore d'attraper la rougeole. Si jamais vous les revoyez, ne leur parlez pas, mais venez m'appeler tout de suite, je me charge de leur donner une leçon dont ils se souviendront.

— Si jamais nous les retrouvons, nous vous le dirons », répondit Anna, et Robert dévorant des yeux le bœuf froid qu'apportait la cuisinière, ajouta à demi-voix mais d'un ton senti:

« Et nous aurons bien soin de ne jamais les revoir. » Et, en effet, jamais ils ne les revirent.

II

LE SOUHAIT DES PIÈCES D'OR

Anna s'éveilla le lendemain d'un rêve qui semblait en quelque sorte une réalité. Elle se promenait sans parapluie au jardin d'Acclimatation, par une pluie diluvienne. Quand elle se réveilla, la pluie tombait toujours, comme dans son rêve. Bientôt elle s'aperçut que cette eau tombait goutte à goutte sur son visage d'un essuie-main mouillé que son frère Robert tordait tout doucement au-dessus de sa tête, pour la réveiller, disait-il.

« Assez, assez! dit-elle avec une certaine impatience, et Robert cessa aussitôt. Ce n'était pas un méchant frère, quoiqu'il fût un peu taquin et toujours prêt à imaginer mille trucs ingénieux pour réveiller ses frères et ses sœurs.

« J'ai fait un drôle de rêve, commença Anna.

— Moi aussi, dit Jeanne, se réveillant tout à coup. J'ai rêvé que nous avions trouvé une Fée des Sables dans la grande sablonnière, qu'elle nous avait dit qu'elle était un Psammead, et qu'elle nous avait promis de nous accorder un nouveau souhait tous les jours.

— Que c'est drôle, dit Robert, j'ai rêvé la même chose. J'allais justement vous le raconter. Et notre premier souhait nous a été accordé immédiatement. Vous autres filles, vous aviez été assez bêtes pour demander que nous soyons tous beaux comme le jour. Et quand nous l'avons été, ce n'était pas drôle! Personne ne nous reconnaissait, les domestiques nous ont mis à la porte et nous n'avons rien eu à manger jusqu'au soir ».

Ici la voix dédaigneuse de Cyrille se fit entendre :

« Rêvé, dites-vous, petits nigauds, mais c'est la vérité. Tout cela nous est arrivé hier et c'est pour cela que je suis si pressé de descendre de bonne heure. Nous irons là-bas tout de suite après le déjeuner demander un nouveau souhait. Seulement il faudra bien nous entendre, à l'avance, sur ce que nous voulons demander. Il ne s'agit pas qu'aucun de nous fasse un souhait sans avoir d'abord obtenu le consentement de tous les autres. N'allons plus demander des bêtises comme d'être beaux, ah non, merci! »

Les autres s'habillaient en silence, ne sachant que penser. Jeanne sentait bien que Cyrille devait avoir raison, mais Anna n'en fut certaine qu'après avoir revu Marthe, et l'avoir entendue se plaindre de leur méchante conduite de la veille. Pour le coup, elle fut convaincue.

Après le déjeuner, Marthe partit pour Rochester, la ville voisine, où elle devait passer la journée dans sa famille. Elle emmena l'Agneau, qu'elle était toute fière de pouvoir montrer à ses parents. Les enfants l'accompagnèrent jusqu'à la diligence, et bientôt ils virent disparaître ce véhicule primitif au milieu d'un nuage de poussière blanche.

« Et maintenant courons vite à la sablonnière! s'écria Cyrille. Nous voilà libres pour toute la journée. »

Chemin faisant, ils discutèrent pour savoir quel

serait le souhait qu'on ferait ce jour-là. Non sans peine
ils tombèrent d'accord pour demander à la Fée de leur
accorder la richesse.

Ils retrouvèrent facilement l'endroit où la Fée des
Sables avait disparu, car ils avaient eu soin, la veille,
d'y mettre une rangée de cailloux. Le soleil était brû-

Robert tordait tout doucement un essuie-main mouillé
au-dessus de la tête d'Anna.

lant, le ciel d'un bleu foncé, sans un nuage. Le sable
était tout chaud.

« Tout de même, si nous l'avions seulement rêvé »,
dit Robert pendant qu'ils retiraient leurs pelles du sable
où ils les avaient enfouies le jour précédent et qu'ils
commençaient à creuser.

« Tout de même, si tu pouvais seulement ne pas dire
des bêtises, répliqua Cyrille. Il est vrai que ce serait
beaucoup demander.

— Tâche donc d'être poli, riposta Robert.

— Vous avez l'air d'être joliment de mauvaise humeur,
tous les deux », fit Jeanne en riant.

— Toi, d'abord, laisse-nous tranquilles, dit Robert, qui était décidément mal tourné ce matin.

— Allons, allons, dit Anna, ne sois donc pas si grognon, Robert. Nous ne dirons rien, là. C'est toi qui parleras à la Fée et qui lui diras le souhait que nous avons choisi pour aujourd'hui. Tu sauras lui dire cela beaucoup mieux que nous.

— Bon, dit Robert d'un ton radouci. Attention, creusons avec les mains, à présent. »

Tous obéirent, et bientôt on vit apparaître le corps brun et velu de la Fée. Chacun poussa un grand soupir de satisfaction. Il était bien clair, maintenant, qu'ils n'avaient pas rêvé.

La Fée s'assit au bord du trou après s'être secouée pour se débarrasser du sable dont elle avait plein sa fourrure.

« Comment va votre moustache ce matin? demanda très poliment Anna.

— Pas très bien, j'ai passé une nuit un peu agitée. Je vous remercie néanmoins d'y avoir pensé.

— Pardon de vous interrompre, dit Robert. Vous sentiriez-vous assez bien aujourd'hui pour nous accorder plus d'un souhait? Nous aimerions beaucoup en avoir un en plus de celui que vous avez promis d'accomplir tous les jours. C'est un tout petit souhait, ajouta-t-il d'un ton rassurant.

— Hum! fit la Fée, nous verrons ça. Mais savez-vous que jusqu'à ce que je vous aie entendu crier si fort au-dessus de ma tête, je m'étais figuré que vous n'étiez qu'un rêve? Je fais quelquefois des rêves bien extraordinaires!

— Vraiment? se hâta de dire Jeanne, afin de détourner la conversation avant qu'il fût encore question de leurs querelles. Je voudrais bien que vous nous racontiez vos rêves. Ils doivent être joliment intéressants.

— Est-ce là votre souhait d'aujourd'hui? demanda la Fée en bâillant.

— C'est bien les filles! » grommela Cyrille. Les autres gardèrent un silence embarrassé. S'ils disaient oui, il fallait renoncer au souhait qu'ils avaient compté formuler. S'ils disaient non, ce ne serait guère poli et les enfants étaient en somme bien élevés. Aussi un soupir de soulagement s'échappa-t-il de leur poitrine quand la Fée ajouta :

« Seulement, si je le fais, je n'aurai peut-être plus la force de vous accorder un second souhait, par exemple d'avoir meilleur caractère, ou un peu de bon sens, ou des manières convenables.

— Mais nous ne désirons nullement que vous vous donniez de la peine pour ces choses-là, dit Cyrille avec empressement. Nous pouvons parfaitement les acquérir par nous-mêmes. »

Les autres échangeaient des regards gênés. Ils auraient bien voulu que la Fée n'insistât pas autant sur les petits défauts qu'ils avaient laissé apparaître tout à l'heure. Une bonne grondée, passe encore, mais qu'après il n'en fût plus question.

« Enfin, voyons toujours le petit souhait, » dit la Fée, en allongeant si brusquement ses yeux d'escargot que l'un d'eux vint presque toucher l'œil de Robert.

« Nous désirons que les domestiques ne puissent pas s'apercevoir des dons que vous nous faites.

— Que vous avez la bonté de nous faire, souffla Anna.

— Je veux dire que vous avez la bonté de nous faire, » répéta docilement Robert.

La Fée se gonfla un peu, puis laissa aller sa respiration.

« C'est fait, dit-elle. Cela n'a pas été bien difficile. Et quel est l'autre souhait?

— Nous désirons, dit Robert lentement, être riches au delà de tout ce que l'on peut rêver.

— Mais c'est de l'avarice! s'écria Jeanne.

— Ni plus, ni moins, dit la Fée. Ce qui me console, c'est que cela ne leur servira pas à grand'chose, marmotta-t-elle tout bas. Enfin, voyons, ajouta-t-elle, combien voulez-vous, et désirez-vous la somme en or ou en billets de banque?

— En or, s'il vous plaît, plusieurs millions.

— La sablonnière pleine d'or, serait-ce suffisant? dit la Fée d'un air détaché.

— Oh oui!

— Dans ce cas, allez-vous-en vite avant que je commence. Vous risqueriez d'être enterrés vivants. »

Et de ses longs bras osseux elle se mit à faire un moulinet si terrible que les enfants se sauvèrent à toute jambes jusqu'à la grand'route. Seule, Anna eut assez de présence d'esprit pour lancer, tout en courant, un timide :

« Au revoir! J'espère que votre moustache ne vous fera pas plus mal demain. »

Lorsqu'ils se retournèrent, ils furent obligés de fermer les yeux et de ne les rouvrir que petit à petit, très lentement, tant ils étaient éblouis. C'était comme s'ils avaient essayé de fixer le soleil en plein midi. La sablonnière était pleine jusqu'au bord de pièces d'or neuves et reluisantes. Dans le chemin creux par lequel arrivaient les charrettes, l'or était amoncelé en tas réguliers, comme on voit souvent les pierres au bord des routes. Et sur toute cette masse étincelante le soleil de midi dardait ses rayons. On eût dit une fournaise ardente ou encore un de ces embrasements comme on en voit souvent au ciel au moment où le soleil se couche.

Les enfants restaient là bouche bée. Pas un ne disait un mot. Enfin Robert se baissa pour ramasser une des

pièces qui avait roulé d'un tas sur le bord du chemin.
Il l'examina, la tourna dans tous les sens, puis il dit tout
bas d'une voix étranglée :

« Ce ne sont pas des pièces de vingt francs ordinaires.

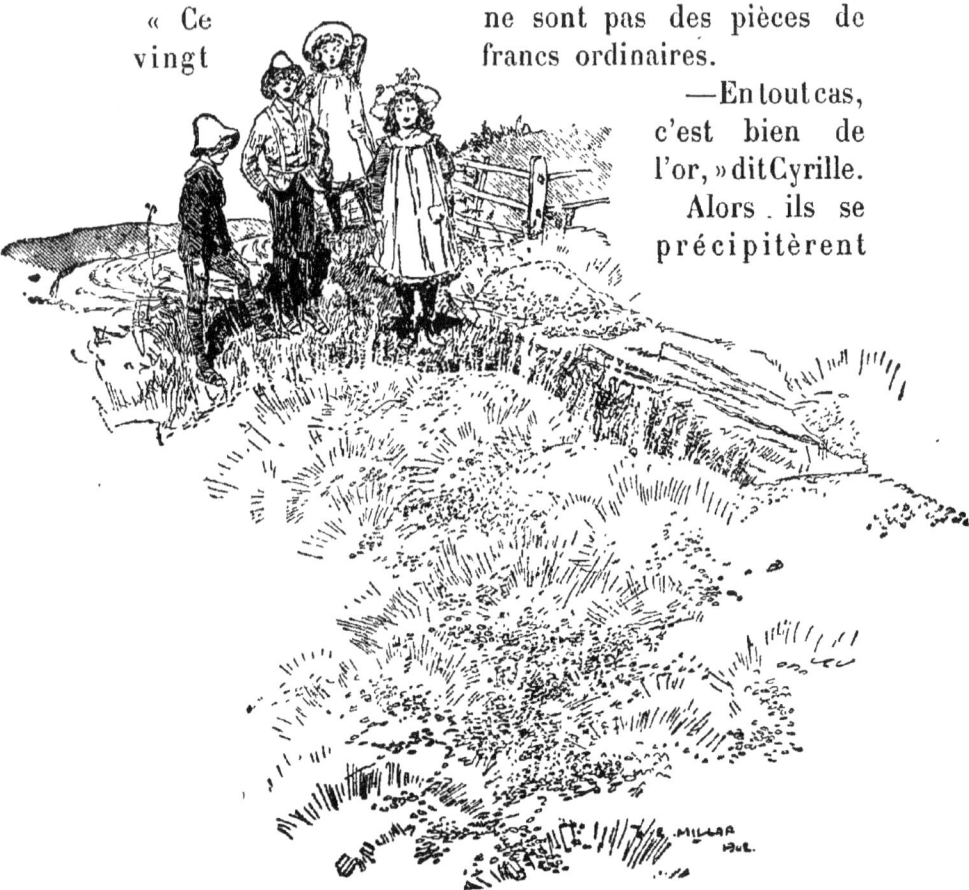

—En tout cas, c'est bien de l'or, » dit Cyrille. Alors ils se précipitèrent

La sablonnière était maintenant pleine de pièces d'or.

tous, ramassant l'or à pleines mains et le laissant ruis-
seler en cascade entre leurs doigts. Et les pièces, en
tombant, faisaient entendre un joyeux tintement. Longtemps, ils s'amusèrent à jouer ainsi, sans penser le
moins du monde à dépenser leur argent. Jeanne était
assise entre deux tas d'or et Robert s'était mis à la

recouvrir de pièces d'or comme les enfants jouent quelquefois à s'enterrer dans le sable, mais bientôt elle s'écria :

— Assez, assez, c'est trop lourd, cela me fait mal. C'est comme si on était enterré sous des pierres !

« Dites donc, vous autres, s'écria Cyrille, si nous devons le moins du monde profiter de tout cela, il ne s'agit pas de rester ici à flâner. Remplissons nos poches et allons vite dépenser notre argent. Il ne faut pas oublier qu'après le coucher du soleil il ne restera plus rien. Vous savez, il y a un poney et une voiture au village.

— Est-ce que tu veux les acheter, par hasard?

— Mais non, petite nigaude, nous les louerons seulement, et nous irons à Rochester où nous achèterons des masses de choses. Emportons chacun autant d'or que nous pourrons. Il est vrai que ce ne sont pas des pièces d'or habituelles, mais ce sont peut-être des doublons espagnols; nous le saurons au village. Allons, assez bavardé! »

Et Cyrille s'assit par terre et se mit à remplir ses poches avec ardeur.

« Vous vous êtes tous moqués de moi parce que j'avais demandé à papa de faire faire neuf poches à mon costume, » ajouta-t-il, maintenant vous voyez que cela peut servir.

Ils le virent en effet. Lorsque Cyrille eut rempli ses neuf poches et son mouchoir de pièces d'or, il essaya de se lever, mais ne put y réussir et dut bien vite se rasseoir.

« Tu feras bien de jeter un peu de ta cargaison par-dessus bord, mon vieux, dit Robert; sans cela ton vaisseau sombrera. C'est l'effet des neuf poches. »

Ils se mirent en route pour le village. Celui-ci était à un peu plus d'un kilomètre; la route était très poudreuse,

et le soleil leur sembla bien brûlant. L'or qui remplissait
leurs poches se fit de plus en plus lourd.

Ce fut Jeanne qui dit :

« Je ne vois pas trop comment nous pourrions dépenser
tout cet argent. Nous devons,
entre nous tous, avoir plusieurs
milliers de francs. Moi, je vais
en déposer un peu dans ce tronc
d'arbre, derrière la haie.
Si encore c'étaient des
massepains, on pourrait

« Ce ne sont pas des pièces
ordinaires, » dit Robert.

les manger. Je suis bien sûre que l'heure du dîner est
passée depuis longtemps. »

Elle prit une ou deux poignées d'or et les cacha dans
le tronc d'un vieux saule. Les autres en firent autant, et
l'on se remit en route lourdement, péniblement. Avant
d'avoir atteint le village, ils s'étaient ainsi allégés d'une
bonne partie de leur trésor. Néanmoins, en arrivant, ils
avaient bien encore une dizaine de mille francs dans
leurs poches. N'empêche qu'avec leurs visages d'une

propreté douteuse et leurs habits couverts de poussière, on les aurait pris pour de petits vagabonds.

La chaleur intense et la fumée bleuâtre qui s'échappait des cheminées formaient une espèce de brume au-dessus des toits rouges du village. A peine arrivés, les quatre enfants s'assirent, ou plutôt se laissèrent tomber sur le premier banc qu'ils rencontrèrent dans la rue. Il se trouva que ce banc était adossé à l'auberge du *Sanglier Bleu*, et l'on décida que Cyrille entrerait acheter de la bière.

« Cyrille est presque un homme, dit Anna, puisqu'il est l'aîné, et pour un homme ce n'est pas mal d'entrer dans une auberge. »

Il entra donc au *Sanglier Bleu* et les autres attendirent dehors.

« Quelle chaleur! dit Robert. Je me demande si cela nous rafraîchirait de tirer la langue, comme font les chiens quand ils ont chaud?

— On pourrait toujours essayer, dit Jeanne. »

Et tous trois se mirent à tirer la langue autant que possible, au grand scandale des passants, indignés de cette impertinence. Comme d'autre part leur soif ne faisait qu'augmenter ils se décidèrent à rentrer leur langue au moment même où Cyrille vint les rejoindre avec la bière.

« Il m'a fallu payer sur la pièce de deux francs que je gardais pour m'acheter des lapins, dit-il. Ils n'ont jamais voulu me changer une pièce d'or, et quand j'en ai sorti une poignée, le bonhomme s'est mis à rire et a dit que c'étaient des jetons. J'ai acheté aussi quelques biscuits et quelques gâteaux secs qu'il y avait dans un grand bocal en verre, sur le comptoir. »

Les biscuits étaient durs et les gâteaux bien rassis, mais la bière fit compensation.

« C'est à mon tour d'essayer d'acheter quelque chose

avec l'argent de la Fée, dit Anna, puisque c'est moi
l'aînée après Cyrille. Où se trouvent le poney et la petite
voiture? »

C'était au *Cheval
Blanc*. Anna entra
par la cour,
sachant bien
qu'une petite
fille ne doit pas

Ils se mirent à tirer la langue, au grand scandale des passants.

entrer seule dans une salle d'auberge. Elle revint au bout
d'un moment, rouge de plaisir, et toute fière du succès
de sa mission.

« Il a dit qu'il allait être prêt dans cinq minutes, déclara-t-elle. Il prend vingt francs pour nous conduire jusqu'à Rochester et nous ramener ici. Là-bas, il attendra que nous ayons fait toutes nos commissions. Je trouve que je m'en suis très bien tirée, qu'en dites-vous?

— Ça n'a pas dû être bien difficile, dit Cyrille avec humeur, comment t'y es-tu prise?

— En tout cas, je n'ai pas fait, comme toi, la bêtise de tirer de mes poches des poignées d'or. J'ai trouvé un garçon d'écurie qui étrillait un cheval dans la cour, et je lui ai montré une pièce d'or en lui demandant s'il savait ce que c'était. Il a dit que non et il appelé son père. Le vieillard, après avoir examiné la pièce, m'a demandé si elle était à moi, pour en faire ce que je voulais. Alors j'ai dit que oui et je lui ai parlé du poney et de la petite voiture. Je lui ai offert la pièce d'or s'il voulait nous conduire à Rochester, et il a répondu que c'était entendu. »

Ce fut pour les enfants une sensation nouvelle que d'être conduits à travers la campagne dans une jolie petite voiture attelée d'un poney. Pendant la route, chacun d'eux faisait mille projets sur la manière dont il dépenserait son argent, une fois arrivé. Naturellement ils gardaient leurs idées pour eux, car ils ne voulaient pas mettre le vieil aubergiste dans leur confidence.

Sur leur demande, le vieillard les arrêta près du pont.

« Si vous vouliez acheter une voiture et des chevaux, chez qui iriez-vous? demanda Cyrille, comme s'il demandait cela tout simplement pour le plaisir de dire quelque chose.

— Chez Guillaume, à la « Tête d'Or », répondit le vieillard promptement. Si votre père a l'intention d'acheter un cheval, il ne peut pas s'adresser à quelqu'un de plus honnête dans tout Rochester, ça je peux vous l'affirmer.

— Merci, dit Cyrille, je n'oublierai pas la *Tête d'Or.* »

Bientôt les enfants s'aperçurent que les idées les mieux accréditées ne sont pas toujours justes. Ils avaient entendu dire mille fois autour d'eux que l'argent est dur à gagner et facile à dépenser. Mais l'argent de la Fée avait été facile à obtenir, tandis qu'il était non seulement difficile, mais presque impossible de le dépenser. Les commerçants de Rochester semblaient s'être donné le mot pour refuser cet or étranger.

Pour commencer, Anna, qui avait eu la malchance de s'asseoir sur son chapeau, voulut en acheter un autre. Elle en choisit un superbe, orné de roses rouges et de plumes de paon, marqué dans la devanture : Modèle de Paris. Prix : Soixante francs. Malheureusement ses mains n'étaient pas très propres, car elle n'avait pas mis de gants avant d'aller à la Sablonnière, et lorsqu'elle tendit trois pièces d'or à la jeune femme qui la servait, celle-ci la regarda fixement. Elle alla murmurer quelque chose à l'oreille d'une dame plus âgée, assise derrière le comptoir, puis elle revint auprès d'Anna à qui elle rendit son argent en lui disant qu'il n'avait pas cours.

« Mais ces pièces sont bonnes, dit Anna les larmes aux yeux, et c'est bien soixante francs le prix marqué sur le chapeau. Cet argent est bien à moi, je vous assure.

— Nous n'en doutons nullement, dit la vieille dame. Seulement ce n'est pas l'espèce d'argent qui est à la mode maintenant, et nous ne soucions pas de le prendre.

— Je suppose qu'elles pensent que nous l'avons volé, dit Anna, lorsqu'elle rejoignit les autres dans la rue. Si nous avions des gants les gens auraient plus facilement confiance. Ce sont mes mains sales qui ont éveillé leurs soupçons. »

Ils entrèrent donc dans une humble boutique où les fillettes choisirent des gants de fil à treize sous la paire.

Mais quand elles offrirent en paiement une de leurs pièces d'or, la marchande mit ses lunettes pour l'examiner de plus près, puis la leur rendit en disant qu'elle n'avait pas de monnaie. Il fallut encore payer les gants sur ce qu'il restait à Cyrille de l'argent qu'il avait réservé pour s'acheter des lapins.

Ils renouvelèrent leur tentative dans plusieurs autres magasins, mais personne ce jour-là ne semblait se soucier de changer une pièce d'or. Et à mesure qu'ils allaient de boutique en boutique, leur apparence devenait de moins en moins présentable. Ils avaient les cheveux tout en désordre, et pour comble de malchance, Jeanne s'était étalée de tout son long sur la chaussée dans un endroit où venait de passer une voiture d'arrosage!

Ils commençaient, en outre, à souffrir de la faim, sans pouvoir trouver personne qui voulût bien leur donner quelque chose à manger en échange de leur or. Après deux démarches infructueuses dans deux pâtisseries différentes, ils se sentirent si affamés, que Cyrille suggéra un plan de campagne qu'ils résolurent, en désespoir de cause, de mettre à exécution.

Ils se précipitèrent dans une troisième pâtisserie, la maison Beale, et avant que les employés pussent intervenir, chaque enfant s'était emparé de trois belles brioches toutes chaudes et les avait entamées toutes les trois d'un bon coup de dent. Après cet exploit, ils restèrent plantés au milieu du magasin, la bouche pleine, et les douze brioches serrées dans leurs petits doigts sales. Le pâtissier, indigné, quitta son comptoir et ne fit qu'un bond vers eux.

« Tenez, dit Cyrille, parlant aussi distinctement qu'il le pouvait et lui tendant une pièce d'or qu'il avait préparée avant d'entrer dans la boutique. Payez-vous là-dessus. »

M. Beale arracha la pièce des mains de l'enfant, mordit dessus et la fit disparaître dans sa poche.

« Et maintenant, sortez! fit-il d'un ton bref et sévère.

— Mais la monnaie, objecta Anna, qui avait l'esprit d'économie.

— La monnaie! dit l'homme. Je vais vous en donner

M. Béale arracha la pièce des mains de l'enfant et mordit dessus.

de la monnaie! Sortez, vous dis-je, et estimez-vous bien heureux que je n'envoie pas chercher la police! »

Nos infortunés millionnaires durent finir leurs gâteaux dans la rue, et bien que leur goûter eût eu pour effet de leur remonter un peu le moral, ce n'est pas sans une certaine inquiétude qu'ils envisageaient la perspective d'une démarche auprès de M. Guillaume, à la *Tête d'Or*, pour acheter chevaux et voiture.

Les deux garçons auraient volontiers renoncé à ce projet, mais Jeanne était pleine d'enthousiasme, et Anna, comme toujours, persévérante et tenace. Leur avis prévalut.

Toute la petite troupe, dans un état de saleté indescriptible, se mit bravement en route pour l'auberge de la *Tête d'Or*. Ils trouvèrent M. Guillaume dans la cour, et Robert entama l'affaire en ces termes :

« On m'a dit que vous aviez pas mal de chevaux et de voitures à vendre.

— On vous a dit la vérité, jeune homme, répondit M. Guillaume, long et maigre personnage aux yeux bleus très foncés et aux lèvres minces et serrées.

— Nous voudrions en acheter, s'il vous plaît, dit Robert poliment.

— Je ne dis pas le contraire.

— Voulez-vous nous en faire voir, s'il vous plaît, afin que nous puissions choisir? »

— De la part de qui venez-vous? demanda M. Guillaume. Vous a-t-on chargé d'une commission pour moi?

— Je vous répète, dit Robert, que nous voudrions acheter quelques chevaux et quelques voitures. On nous a affirmé que vous étiez honnête et poli, mais je ne serais pas étonné qu'on se fût trompé.

— Voyez-vous ça ! répliqua l'autre. Faudrait-il pas faire défiler toute mon écurie devant votre Seigneurie? Ou faut-il envoyer chez Lévêque, demander s'il n'aurait pas un ou deux poneys à vendre?

— Je vous en serais très reconnaissant, » dit Robert, si cela ne vous dérange pas trop. C'est très aimable à vous.

M. Guillaume mit ses mains dans ses poches et rit aux éclats, ce qui ne fut pas pour plaire aux enfants. Puis, d'une voix forte, il appela : « Jean! »

Un garçon d'écurie apparut sur le seuil d'une porte :
« Viens donc, Jean, regarde-moi un peu ce jeune
prince! Il veut nous acheter tous nos chevaux, et
quelques voitures par-dessus le marché! Et je veux bien
qu'on me fourre en prison s'il a seulement quatre sous
dans sa poche! »

Les yeux de Jean se fixèrent sur Robert avec un intérêt
dédaigneux.

« Ah! pour sûr alors! » fit-il d'un ton senti.

Robert, que ses sœurs avaient beau tirer par la veste
en le suppliant de partir avec elles, répondit avec
emportement :

« Dites donc, vous, je ne suis pas un jeune prince,
et je n'ai jamais prétendu l'être. Quant à avoir quatre
sous dans ma poche, qu'est-ce que vous dites de ça? »

Et avant que les autres pussent l'en empêcher. Il
sortit deux poignées d'or qu'il montra à M. Guillaume.
Celui-ci prit une des pièces, l'examina et mordit dessus.
Jeanne s'attendait à l'entendre dire : Les meilleurs chevaux de mes écuries sont à votre disposition. Mais les
autres étaient moins naïfs. Cependant ce fut un coup
même pour eux, lorsque M. Guillaume prit un air
sévère.

« Jean, fit-il, d'un ton bref, ferme les portes de la cour. »
Jean se mit en devoir d'obéir en ricanant.

« Au revoir, dit Robert en toute hâte. Je n'en veux
plus de vos chevaux, vous pouvez les garder. J'espère que
cela vous servira de leçon. »

Il avait aperçu une petite porte latérale, qui était
ouverte, et tout en parlant, il se dirigeait de ce côté-là.
Mais M. Guillaume lui barra le passage et lui dit :

« Pas si vite, petit chenapan. Va chercher la police, »
ajouta-t-il en se tournant vers Jean.

Jean partit. Les enfants se tenaient serrés les uns

contre les autres comme un troupeau effrayé. M. Guillaume ne les quitta pas d'une semelle jusqu'à l'arrivée de la police. Il leur posa une foule de questions sur la provenance de leur or, et, bien entendu, ne comprit pas un traître mot à toutes leurs histoires de Fées, de souhaits et de trésors.

Bientôt Jean reparut, toujours ricanant, suivi d'un sergent de ville avec lequel M. Guillaume s'entretint longuement, mais à voix basse.

« Vous devez avoir raison, dit enfin l'agent. En tout cas, je ne puis mieux faire que de les mener au poste. M. le Commissaire avisera. On enverra probablement les petites dans un asile et les garçons dans une maison de correction. Et maintenant, jeunesse, en route! Inutile de faire une scène. Vous, M. Guillaume, conduisez les petites filles. Je me charge des garçons. »

Muets d'horreur et de rage, les quatre enfants furent traînés à travers les rues de la ville. Des larmes de honte les aveuglaient, et quand Cyrille se heurta soudain contre Marthe, il ne s'en rendit compte qu'en entendant une voix familière s'écrier : « Par exemple, si je m'attendais à celle-là! Mais qu'avez-vous fait, monsieur Robert? » Et une autre voix, non moins connue, s'écria :

« Anna, veux aller avec Anna! »

Marthe se montra tout bonnement héroïque. Elle refusa de croire un seul mot de tout ce que racontaient le sergent de ville ou M. Guillaume, même après qu'ils eurent obligé Robert à s'arrêter sous une arcade et à tirer de sa poche une poignée d'or.

« Qu'est-ce que vous me chantez là, dit-elle. Vous avez perdu l'esprit tous deux. De l'or? Je ne vois pas d'or, moi, mais seulement les mains du pauvre petit, aussi sales et aussi noires que celles d'un petit ramoneur. »

Les enfants trouvèrent l'attitude de Marthe très noble.

« Vous avez perdu l'esprit. tous deux, »
s'écria Marthe indignée.

Ils ne laissèrent pas, cependant, de douter de sa véracité,
jusqu'à ce qu'ils se fussent rappelés que la Fée leur avait

promis qu'aucun de ses dons ne pourrait être remarqué par les domestiques.

Il commençait à faire nuit lorsqu'on arriva au poste. Le sergent de ville conta son histoire au commissaire, assis derrière une grande table toute couverte de papiers. Au bout de la salle, se voyait une porte grillée où l'on faisait passer les prisonniers. Jeanne se demanda si c'était là ce qu'on appelait le cachot.

« Montrez voir les pièces d'or, dit le commissaire à l'agent.

— Retournez vos poches », dit celui-ci aux enfants.

Cyrille, d'un geste désespéré, plongea ses mains dans ses poches. Il resta un moment comme stupéfait, puis il se mit à rire d'un air embarrassé, d'un rire qui faisait mal à entendre et qui ressemblait à un sanglot. Il retourna ses poches : Elles étaient vides! Celles des autres aussi. Bien entendu après le coucher du soleil tout l'or de la Fée avait disparu.

« Eh bien? dit le commissaire. Qu'est-ce que cela veut dire, sergent?

— Je ne sais pas comment ils s'y sont pris, les rusés petits gredins. Je les ai pourtant fait marcher devant moi tout le temps, et je ne les ai pas perdus de vue un seul instant.

— C'est bien extraordinaire! fit le commissaire fronçant les sourcils.

— Quand vous aurez fini de terroriser de pauvres enfants innocents, dit Marthe, j'irai louer une voiture qui nous conduira à la maison de leur papa. Et vous pouvez compter que vous entendrez parler de nous, ajouta-t-elle en se tournant vers l'agent. Je vous avais bien dit qu'ils n'avaient pas d'or quand vous prétendiez en voir dans leurs pauvres petites mains sales. Vous devriez avoir honte d'être pris de boisson à six heures

de l'après-midi! Quant à l'autre, cela n'a rien d'étonnant, puisqu'il est aubergiste.

—Emmenez-les, emmenez-les, » dit le commissaire d'un
ton bourru.

« C'est bien extraordinaire. »
dit le commissaire.

Et, en quittant le poste, ils entendirent le commissaire
parler d'un ton encore bien plus fâché à M. Guillaume et
au sergent de ville.

Marthe tint parole. Elle ramena les enfants à la maison
dans une grande et belle voiture, la diligence étant
partie depuis longtemps. Mais bien qu'elle les eût
défendus si courageusement devant la police, dès qu'ils

furent seuls elle les gronda vertement d'être venus se promener comme cela, tout seuls, dans Rochester. Aucun d'eux n'osa lui parler du vieillard qui les avait amenés du village dans sa petite voiture et qui devait les attendre encore près du pont pour les reconduire.

Le lendemain, ce qui les ennuya le plus, ce fut la crainte que la pièce d'or du vieillard n'eût disparu comme toutes les autres après le coucher du soleil. Aussi allèrent-ils jusqu'au village pour tâcher de savoir, et aussi pour s'excuser de ne pas être allés le retrouver la veille à Rochester. Ils trouvèrent le vieillard très bien disposé. La pièce d'or n'avait pas disparu; il l'avait trouée et suspendue à sa chaîne de montre, où elle pendait en guise de breloque.

Il y avait bien encore la pièce du pâtissier Beale. Mais franchement, celui-ci n'était pas très intéressant, et personne n'eut l'idée d'aller jusqu'à Rochester lui demander des nouvelles de sa pièce, si elle avait disparu, c'était bien fait!

Cependant un peu plus tard, Anna, agitée d'un vague remords, lui envoya secrètement douze timbres à dix centimes, soigneusement pliés dans un papier qui portait les mots :

« Pour payer nos brioches. »

III

DÉSIRÉ DE TOUS

Eɴ se réveillant le lendemain matin, ce fut avec un sentiment de mécontentement mêlé de regret que les enfants songèrent à la Fée des Sables et à sa promesse. Ils étaient loin du bel enthousiasme de la première heure, et il y avait bien de quoi. Des deux souhaits réalisés jusque-là, ni la Beauté, ni la Fortune ne les avaient précisément rendus heureux.

Cependant l'attrait du merveilleux est si puissant qu'il vous fait facilement oublier les petits désagréments qu'il a pu vous occasionner. D'ailleurs tout n'est-il pas préférable à une journée vide et monotone, coupée seulement par les repas, surtout quand on sait qu'il n'y aura pour le dîner que des lentilles et du bouilli froid !

On convint donc d'aller retrouver la Fée et de lui demander cette fois deux mille francs en pièces de cinquante centimes. De cette façon personne ne pourrait rien trouver à redire.

Comme ils se hâtaient de partir pour la sablonnière, Marthe leur courut après jusqu'à la grille, leur disant d'emmener l'Agneau avec eux. Et comme ils ne paraissaient pas enchantés :

« On dirait vraiment que cela ne vous va pas! Mais savez-vous bien que tout le monde voudrait l'avoir, ce cher trésor! N'oubliez pas, du reste, que vous avez promis à votre mère de l'emmener avec vous tous les jours.

— Je sais bien que nous l'avons promis, dit Robert, mais c'est bien dommage qu'il soit si jeune et si petit. Autrement ce serait beaucoup plus amusant de l'emmener.

— Il se corrigera de · sa jeunesse avec le temps, répondit Marthe, et s'il est petit, il n'en est que plus facile à porter. Du reste il peut bien marcher un peu, le trésor, avec ses belles petites jambes potelées. Il profite, depuis qu'il est au grand air, le gros chéri! »

Sur ces mots, et avec un baiser retentissant, elle planta l'Agneau dans les bras d'Anna et retourna à sa machine à coudre. Heureusement que le bébé était d'humeur charmante, ce matin. Il poussa des cris de joie quand Robert le prit à califourchon sur ses épaules en lui disant de se tenir à ses cheveux. Il essaya de mettre des cailloux dans la bouche de Jeanne. En un mot il se montra si espiègle et si amusant que personne ne put regretter longtemps qu'il fût de la partie.

Il fut décidé qu'aussitôt qu'on aurait formulé le souhait et obtenu l'argent on irait demander à M. Crispin de les conduire de nouveau à Rochester dans sa petite voiture. En route, on dresserait la liste complète des choses dont on avait véritablement envie. Comme cela il n'y aurait pas de temps de perdu.

Enchantés de leur prévoyance et de la belle journée qu'ils se promettaient, ils prirent le chemin de la Sablonnière. Tout à coup une affreuse pensée les frappa. La veille, au moment de réaliser le souhait des Pièces d'Or, la Fée leur avait dit de vite se sauver de peur d'être

ensevelis vivants sous le précieux mais pesant trésor.
Dans leur fuite précipitée ils n'avaient pas eu le temps,
comme les autres fois, de marquer avec des cailloux
l'endroit où se retirait la Fée. Ils s'arrêtèrent tout
interdits.

« Bah ! dit Jeanne, toujours disposée à voir les choses
en beau. Nous l'aurons vite retrouvée. »

Mais c'était plus facile à dire qu'à faire. Ils eurent
beau chercher de tous côtés, ils finirent bien par
retrouver leurs pelles, mais ils ne trouvèrent nulle part
la moindre trace de la Fée des Sables.

A la fin ils s'assirent et cessèrent leurs recherches.
Non pas qu'ils fussent fatigués ni découragés, mais à
cause de l'Agneau qui voulait qu'on le mît à terre et
qu'on s'occupât de lui. Comme l'avait fort bien dit
Marthe, il se ressentait déjà des bons effets de l'air pur
de la campagne. Aussi était-il plein d'entrain et de vie.
Les aînés n'avaient qu'un désir, continuer à parler
entre eux de tous les souhaits qu'ils pourraient demander
à la Fée si jamais ils la retrouvaient. Mais l'Agneau
n'entendait pas de cette oreille.

Il guetta l'occasion et tout à coup il jeta une poignée
de sable à la figure d'Anna, puis il trouva moyen
d'enfouir sa propre tête dans le sable, pendant que ses
petites jambes potelées gigotaient en l'air. Naturellement il eut du sable plein les yeux et se mit à hurler.

Le prévoyant Robert avait emporté une grande bouteille de limonade, pour satisfaire une soif qui ne lui
avait jamais fait défaut jusqu'à ce jour. Il fallut la débou-
cher en toute hâte ; c'était le seul liquide qu'on eût sous
la main, et il était indispensable de laver les yeux de
l'Agneau pour en retirer le sable qui le faisait cruelle-
ment souffrir. La limonade piqua le bébé de plus belle.
En se débattant il donna un grand coup de pied dans la

bouteille qu'il renversa, et toute la bonne limonade mousseuse s'écoula dans le sable et se perdit.

C'est alors que Robert, qui d'habitude était un frère assez patient, s'oublia au point de dire :

« J'aime bien cette Marthe qui prétend que tout le monde serait heureux de l'avoir. Il n'y a qu'un malheur c'est que personne n'en veut, Marthe pas plus que les autres, d'ailleurs, autrement elle l'aurait gardé auprès d'elle. C'est un petit fléau, voilà ce que c'est. Ah! je voudrais bien que les gens eussent envie de l'avoir ; nous aurions alors un peu de paix et de tranquillité. »

Il se tut, et presque aussitôt ils entendirent distinctement comme un long soupir, exalé tout près d'eux. Tous les enfants se retournèrent simultanément. La Fée des Sables était assise à deux pas, les regardant avec un sourire narquois.

« Bonjour, dit-elle. J'ai pu faire cela très facilement. Tout le monde désire avoir l'Agneau à présent.

— Oh! peu importe, dit Robert avec humeur, car il avait déjà honte de son mouvement d'impatience. Qu'on le désire ou non, cela n'a pas d'importance. En tout cas il n'y a personne ici pour le désirer.

— L'ingratitude, dit la Fée, est un bien vilain défaut.

— Ce n'est pas que nous soyons ingrats, se hâta de répondre Jeanne, mais nous n'avions pas du tout l'intention de faire ce souhait. C'est seulement Robert qui l'a dit. Ne pourriez-vous pas le reprendre et nous en accorder un autre?

— Non pas, dit la fée d'un ton sec. Donner, puis reprendre, cela n'est pas sérieux. Vous devriez faire attention à ce que vous souhaitez. »

Tout à coup l'Agneau s'aperçut qu'un corps brun et velu se trouvait presque à portée de sa main.

« Minet, minet, mi-net, fit-il, avec un geste comme
pour le saisir.

— Ce n'est pas un chat, commençait à dire Anna,
quand la fée bondit en arrière, le poil tout hérissé.

— Je ne veux pas qu'il me touche ! s'écria-t-elle, avec
emportement. Il est tout mouillé ! »

· Elle se mit à creuser vivement des pieds et des mains
et disparut bientôt dans un tourbillon de sable. Cette fois,
les enfants n'oublièrent pas de mar-
quer l'endroit d'une rangée de cailloux.

« Il n'y a
plus qu'à ren-
trer à la mai-

Je ne veux pas qu'il me touche, dit la fée.

son, dit alors Robert. Je suis bien fâché, mais je ne
pensais pas à ce que je disais. En tout cas, il n'y a pas
grand mal de fait, car nous savons maintenant où retrouver la fée demain. »

Les autres se montrèrent très généreux : personne ne
fit à Robert aucun reproche.

Cyrille se chargea de l'Agneau, qui était redevenu tout
à fait sage, et l'on gagna la grand'route. Au tournant ils
s'arrêtèrent un instant pour transférer l'Agneau des
épaules de Cyrille sur celles de Robert.

Pendant qu'ils s'étaient arrêtés, ils virent approcher
sur la route une élégante victoria, avec un cocher et un
groom sur le siège, et dedans une belle dame — une

dame du grand monde à n'en pas douter — vêtue d'une
robe toute en dentelle blanche ornée de rubans rouges,
et portant une ombrelle rouge et blanche. Sur ses
genoux se prélassait un petit chien blanc, aux longs poils
soyeux. La dame regarda les enfants, particulièrement
l'Agneau, auquel elle adressa un gracieux sourire.

Les enfants n'en furent pas autrement surpris, car
l'Agneau était vraiment un joli bébé, et les passants
s'arrêtaient souvent pour l'admirer. Ils firent de la main
des petits gestes amicaux, s'attendant à ce que la voiture
continuât son chemin.

La dame dit au cocher de s'arrêter et fit signe à Cyrille
de s'approcher.

« Quel amour de bébé vous avez-là, dit-elle, et comme
j'aimerais qu'il fût à moi! Si je l'adoptais!.... Pensez-vous
que sa mère y consentirait?

— Oh! sûrement non! dit Anna.

— C'est que, vous savez, je l'élèverais comme un
prince. Je suis la comtesse Chittenden. Vous devez avoir
vu bien souvent mon portrait dans les journaux illustrés
et chez les grands photographes. »

Tout en parlant, elle s'était levée et avait sauté à terre.
Les enfants virent alors qu'elle portait de merveilleux
souliers rouges avec des boucles d'argent et de très hauts
talons Louis XV.

« Laissez-moi le tenir un instant, » dit-elle.

Elle prit l'Agneau dans ses bras, le tenant très gauche-
ment comme si elle n'avait pas l'habitude de porter des
bébés. Puis, tout à coup, elle sauta dans la voiture et
dit :

« Marchez. »

L'Agneau hurlait, le petit chien blanc aboyait de toutes
ses forces; le cocher eut un moment d'hésitation.

« Marchez donc, vous dis-je, » répéta la comtesse.

Le cocher obéit. Comme il le dit plus tard, il y allait de sa place. Les quatre enfants se regardèrent stupéfaits. Puis, d'un commun accord, ils se mirent à courir après la voiture, et s'accrochèrent derrière. Longtemps ils se laissèrent traîner ainsi sur la route. L'Agneau hurlait de plus

Longtemps les enfants
se laissèrent traîner.

en plus fort; cependant, au bout d'un certain temps, ses cris se changèrent petit à petit en sanglots entrecoupés, puis cessèrent tout à fait. Il avait fini par s'endormir.

La victoria roulait toujours et les pieds des enfants

étaient fatigués et meurtris, lorsqu'enfin elle s'arrêta devant la grille d'un grand parc. Ils se blottirent alors sous le caisson de la voiture et la comtesse descendit. Elle s'arrêta un instant à considérer le bébé qui reposait, profondément endormi, sur les coussins.

« Petit chéri, je ne veux pas le déranger, » dit-elle à mi-voix, et elle entra dans la loge, sans doute pour donner des ordres au gardien du parc.

Le cocher et le groom sautèrent à bas de leur siège et se penchèrent à leur tour sur l'Agneau endormi.

« Quel beau petit garçon! dit le cocher. Je voudrais bien qu'il fût à moi.

« Il est bien trop joli, ma foi! On vous demanderait où vous l'avez pris. Mais pour ce qui est de Madame, je n'en reviens pas. Elle qui déteste les enfants, qui n'en a pas elle-même et ne peut supporter ceux des autres! »

Les enfants, toujours accroupis dans la poussière, sous la voiture, échangeaient des regards pleins d'anxiété.

« Savez-vous quoi, dit le cocher. Je veux bien être pendu si je ne cache pas ce petit bonhomme derrière la haie. Nous dirons que ses frères sont venus le prendre. Puis je reviendrai le prendre un peu plus tard. »

— Pas du tout, répliqua le groom. Jamais aucun enfant ne m'a plu comme celui-là. Si quelqu'un doit l'avoir, c'est moi, vous entendez?

— Taisez-vous donc. Qu'est-ce que vous feriez d'un enfant? D'ailleurs, si vous en désirez, un autre fera tout aussi bien l'affaire. Pour un homme marié, comme moi, c'est différent. Enfin quoi, je le veux, je le prends, et moins nous en parlerons, mieux cela vaudra.

— J'aurais cru, dit le groom en ricanant, que vous en aviez déjà bien assez avec toute votre marmaille, votre Henri et votre Louise, et Alfred et Victor et Hélène... »

Le cocher, d'un violent coup de poing, coupa la parole

au groom, qui riposta par un coup de pied. Bientôt une
bataille en règle s'engagea entre eux, tandis que le petit
chien les mordait aux jambes en aboyant comme un
enragé.

Cyrille profita de ce moment pour gagner subreptice-

D'un violent coup de poing le cocher envoya rouler par terre le groom.

ment le côté de la voiture le plus éloigné du champ de
bataille. Il monta sur le marche-pied, prit l'Agneau dans
ses bras, et battit en retraite du côté d'un sentier qui
conduisait à un bois de chênes et de maronniers. Les
autres l'y suivirent sans être aperçus des deux hommes
qui échangeaient toujours force horions, et toute la petite
troupe se tint blottie sous les hautes fougères, retenant

le souffle et se demandant avec une poignante émotion si l'on n'allait pas tout à l'heure découvrir leur retraite.

Bientôt les cris furieux des combattants se calmèrent. On entendit la voix sévère de la dame en blanc. Puis, après des recherches aussi anxieuses que vaines, l'équipage s'engagea dans l'avenue qui menait au château.

« Ouf! dit Cyrille, quand le bruit des roues cessa de se faire entendre. Mais il n'y a pas d'erreur, tout le monde le désire, maintenant. Quelle peste que cette Fée des Sables! Pour l'amour du ciel, emportons-le vite à la maison. Là, du moins, il sera en sûreté. »

Après avoir regardé prudemment de tous côtés, n'apercevant que la longue route, blanche et déserte, les enfants reprirent courage et se mirent en route pour la maison. L'Agneau dormait paisiblement dans les bras d'Anna.

Mais les aventures surgissaient à chaque pas. D'abord un gamin, qui portait un fagot sur son dos, le déposa au bord de la route, et demanda la permission de regarder le bébé, puis s'offrit à le porter. Vous pensez bien qu'Anna n'allait pas se laisser reprendre à ce truc-là! Ce garçon s'entêta à les suivre, et Cyrille dut lui montrer le poing plus d'une fois pour arriver à s'en débarrasser.

Puis une petite fille, portant un tablier à carreaux bleu et blanc les accompagna pendant plus d'un quart de lieue, les suppliant de lui donner le ravissant bébé. Il fallut la menacer de l'attacher à un arbre où le loup viendrait la manger, avant qu'elle se décidât à s'éloigner en pleurant à chaudes larmes.

Après cela, les enfants jugèrent prudent de se cacher derrière la haie chaque fois qu'ils voyaient apparaître quelqu'un sur la route. Ils évitèrent ainsi plus d'un ennui du même genre.

Ils étaient presque au terme de leur voyage lorsque la

pire des choses leur arriva. A un tournant de la route, ils
tombèrent tout à coup en plein dans un campement de
bohémiens. Deux voitures étaient arrêtées au bord du
chemin devant le pré communal; dont quatre chevaux
étiques broutaient l'herbe rare et poussiéreuse. Aux
voitures étaient accrochés toute espèce d'objets en osier,
berceaux, chaises, corbeilles; et tout autour grouillait

L'agneau dormait paisiblement dans les bras d'Anna.

une ribambelle d'enfants en guenilles. Deux hommes au
teint cuivré fumaient leur pipe assis sur le revers du
fossé, pendant que leurs femmes faisaient la lessive dans
un vieux baquet.

Eu un clin d'œil tous les bohémiens, hommes, femmes,
et enfants entourèrent Anna et le bébé.

« Laissez-moi tenir ce bel enfant, ma jeune demoiselle,
dit l'une des bohémiennes, dont le visage n'était pas
déplaisant à voir avec ses cheveux presque blonds. Je ne
lui ferai aucun mal, je vous assure.

— Sans doute, dit Anna, mais je préfère le porter moi-même. ·

— Donnez-le moi plutôt à moi, dit l'autre femme, dont les cheveux bouclés étaient noirs comme du jais et tout luisants de graisse, j'en ai dix-neuf et je sais bien comment il faut....

— Non, dit Anna courageusement. Mais son cœur battait à l'étouffer. »

Alors un des hommes s'avança.

« Le diable m'emporte si ce n'est pas mon petit qu'on m'a volé quand il n'avait que six mois. Voyons, a-t-il une marque comme une framboise sur l'oreille gauche? Non? Alors c'est bien lui. Allons, donnez-le moi, et je n'irai pas me plaindre à la police. »

Il arracha l'enfant des bras d'Anna qui ne trouva rien de mieux à faire que de fondre en larmes. Les autres n'osaient bouger, et ne savaient que dire. Cyrille était devenu tout pâle et ses mains tremblaient d'émotion. Néanmoins, après avoir réfléchi un instant, il fit signe aux autres de le laisser faire.

« Nous ne désirons pas le garder s'il est à vous, dit-il, et du moment que vous le réclamez, nous vous le donnerons.

— Non, non, dit Anna, mais Cyrille, se retournant lui fit les gros yeux.

— Bien entendu que nous le voulons, dirent les deux femmes, cherchant à reprendre le bébé des bras du bohémien. L'Agneau hurla de toute la force de ses poumons.

— Seulement, vous voyez, reprit Cyrille, il est habitué à nous, à présent. Et il est bien fatigant quand il est avec des personnes qu'il ne connaît pas très bien. Nous pourrions rester un peu ici, jusqu'à ce qu'il se soit habitué à vous, et alors quand il sera l'heure d'aller se coucher, nous partirons. Je vous en donne ma parole

d'honneur, et nous vous le laisserons si vous le désirez.
Vous pourrez alors décider entre vous à qui il doit appartenir, puisque vous avez tous l'air d'y tenir tellement.

— Ça, c'est assez raisonnable, » dit le second bohémien, et il se mit à dis-   cuter à voix basse
avec ses compagnons, ce   dont Cyrille profita

Alors un des bohémiens s'avança.

pour se tourner vers les autres en murmurant :
« Au coucher du soleil, nous verrons bien ! »

Son frère et ses sœurs étaient remplis d'admiration
pour sa présence d'esprit et son savoir-faire.

« Oh, laissez-le venir auprès de moi, dit Jeanne.
Voyez, nous nous assiérons ici et nous vous le garderons
jusqu'à ce qu'il soit un peu habitué.

— Mais comment allons-nous faire pour dîner? » dit tout à coup Robert.

Les autres le regardèrent avec indignation.

« Comment as-tu le cœur de penser à ton dîner, murmura Jeanne, quand ton... »

Robert lui adressa un clignement d'œil presque imperceptible et continua, en se tournant vers les bohémiens :

« Cela ne vous fait rien que je courre jusqu'à la maison, chercher notre dîner? Je puis très bien l'apporter dans un panier. »

Les autres étaient toujours indignés contre lui. Ils n'avaient pas deviné ses secrètes intentions. Mais les bohémiens ne s'y trompèrent pas.

« Ah, bien oui! dit celui qui tenait l'Agneau, pour que vous alliez raconter un tas de mensonges à la police et la mettre à nos trousses. Pas de ça, jeune homme! »

— Si vous avez faim, dit la bohémienne aux cheveux blonds, vous pourrez manger un morceau avec nous. Voyons Lévi, ce cher mignon crie à se décrocher la mâchoire. Donne-le à la petite demoiselle. Nous saurons bien l'empêcher de l'emporter. »

C'est ainsi que l'Agneau leur fut rendu. Mais les bohémiens les entouraient de si près qu'il ne fit pas mine de se calmer.

Alors le premier bohémien dit :

« Pharaon, allume le feu, et vous autres, femmes, surveillez la marmite. Laissons un peu l'enfant pour voir s'il se rassure. »

Bien à contre-cœur, ses compagnons se rendirent à leurs travaux, mais ils se retournaient à tout moment. On eût dit qu'ils ne pouvaient se lasser de regarder l'Agneau.

« Il sera sauvé après le coucher du soleil, » murmura

Jeanne, et cette pensée rendit aux enfants un peu de
courage. L'Agneau se calma peu à peu.

Quand le dîner fut prêt — au fait, c'était plutôt un
souper, car il n'était pas loin de cinq heures — les enfants,
tiraillés par la faim, furent tous bien contents de prendre
ce qu'on leur donna, la poule

L'agneau eut du pain trempé
dans de l'eau chaude pour souper.

au pot traditionnelle, et du lapin sauté, avec des
oignons. L'Agneau eut du pain trempé dans de l'eau
chaude, et assaisonné de cassonade. Il trouva cela très bon
et consentit à laisser les deux bohémiennes le nourrir,
tout en ne lâchant pas la main d'Anna qui le tenait sur
ses genoux.

A l'heure où les ombres commençaient à s'allonger
dans les champs, le bébé s'était tout à fait habitué aux
bohémiennes; il daignait même, de temps à autre,
envoyer des baisers à leurs enfants. Tout le camp des

bohémiens était en extase devant lui, et ses aînés ne pouvaient s'empêcher d'en être fiers malgré tout. Ils n'en soupiraient pas moins après le coucher du soleil.

Les ombres s'allongaient de plus en plus, et le soleil finit par se cacher derrière la colline, mais il n'était pas encore vraiment couché.

Les bohémiens commençaient à s'impatienter.

« Voyons, mes enfants, dit l'un des hommes, il est l'heure d'aller mettre la tête sur l'oreiller. Le petit nous connaît bien à présent, nous sommes tout à fait bons amis. Passez-le nous et prenez le chemin de la maison. »

Les femmes et les enfants entourèrent l'Agneau; tous les bras se tendaient vers lui. Ce n'étaient que sourires d'admiration et gestes caressants. Mais le fidèle bébé ne se laissa pas tenter. Il se cramponnait à ses sœurs et poussa le plus lugubre des hurlements.

« Ne faites pas attention, mademoiselle, dit la bohémienne aux cheveux blonds. Passez-moi le petit mignon, je l'aurai bientôt calmé. »

Et le soleil ne se couchait toujours pas!...

Il faut à tout prix gagner du temps, murmura Cyrille à sa sœur, mais comment faire?

« Nous allons vous le donner, dit Anna aux bohémiens, mais auparavant il faut que je vous dise qu'on lui donne un bain chaud tous les soirs et un bain froid tous les matins.... Et il a un petit lapin qui prend son bain chaud avec lui... et puis il déteste qu'on lui lave les oreilles, mais il faut le faire quand même... et si on lui laisse entrer du savon dans les yeux....

— Veux pas savon dans les yeux! » dit l'Agneau qui s'était arrêté de hurler pour l'écouter.

La femme se mit à rire.

« Comme si je n'avais jamais baigné d'enfant! dit-elle. Allons, donnez-le nous. Viens avec Mélie, mon doux...

— Allez-vous en, méçante ! fit l'Agneau sans hésiter.

— Et pour ses repas, reprit Anna, il faut savoir qu'on

La bohémienne promenait son doigt sur le front de l'enfant.

lui donne des fruits tous les matins, et du pain et du lait pour son déjeuner, et quelquefois un œuf....

— C'est bon, c'est bon, dit la femme aux cheveux noirs. J'en ai élevé dix et je sais bien ce que c'est. Passez-le moi, car je n'y tiens plus, il faut que je l'embrasse! »

Sur quoi la discussion reprit de plus belle entre les bohémiens pour savoir à qui l'Agneau devait appartenir. Tous parlaient à la fois, et leurs propos passèrent bientôt de l'aigre-doux à l'insulte.

Tout à coup un changement subit s'opéra en eux. Le silence se fit. On eût dit qu'une main invisible venait de passer sur leurs visages et en avait effacé toute expression de colère et de surexcitation.

Les enfants comprirent que le soleil venait enfin de se coucher pour de bon. Cependant ils osaient à peine respirer. Si les bohémiens allaient leur en vouloir, maintenant que l'enchantement de la Fée avait cessé

Tout à coup, Anna, avec une audace magnifique, tendit l'Agneau à l'un des bohémiens, en disant :

« Tenez, le voici. Prenez-le. L'homme recula.

— Je ne voudrais pas vous en priver, mademoiselle, dit-il d'une voix rauque.

— Après tout, je n'y tiens pas plus que cela, dit l'autre bohémien, peut l'avoir qui voudra.

— J'ai sûrement dû avoir un coup de soleil, dit la femme aux boucles noires. Je ne peux pas m'expliquer autrement l'envie que j'en avais tout à l'heure.

— C'est égal, c'est un bien joli petit garçon, dit Amélie, la seule qui regardait encore affectueusement l'Agneau pleurnicheur.

— Enfin puisque vous ne voulez pas le garder, dit Anna, il ne nous reste donc qu'à l'emmener.

— Bien sûr, dit Pharaon, c'est ce que vous pouvez faire de mieux. »

Et avec une grande précipitation, tous les bohémiens se mirent à dresser leurs tentes pour la nuit. Seule, Amélie accompagna les enfants jusqu'au tournant de la route et avant de prendre congé d'eux, elle leur dit :

« Laissez-moi lui donner un baiser, mademoiselle. Je ne sais pas ce qui nous a tous pris cet après-midi, car nous ne volons pas les enfants, nous autres bohémiens, quoi qu'on en dise ; nous en avons généralement bien assez des nôtres. Mais moi j'en ai perdu un que j'aimais beaucoup, et ce mignon me le rappelle tellement que j'en ai été toute troublée. »

Elle se pencha sur l'Agneau, et lui, la regardant dans les yeux, lui sourit tout à coup et lui caressa le visage de sa petite main douce et potelée. La bohémienne promena son doigt sur le front de l'enfant comme si elle y eût tracé des caractères mystérieux. Elle marmotta quelques paroles inintelligibles, puis après l'avoir embrassé sur les deux joues elle se détourna en essuyant une larme et prit le chemin de sa tente.

Les enfants retournèrent à la maison, ayant manqué le dîner, et très en retard pour le souper. Marthe les gronda, naturellement, mais l'Agneau était sorti sain et sauf de toutes les aventures de la journée, et tous regrettaient le mouvement d'humeur qui s'était traduit par la fâcheuse exclamation de Robert. Ce qui les consolait un peu c'est qu'après tout ils avaient montré que personne ne tenait plus qu'eux à l'Agneau et certes chez eux le coucher du soleil n'avait pas eu l'effet de détruire ce sentiment.

IV

LES AILES

Sɪ nous demandions des ailes, dit Anna, quand ils eurent trouvé la Fée des Sables et qu'il s'agit de formuler le souhait de la journée.

« Oh oui, demandons des ailes, s'écria Jeanne en battant des mains, ce sera délicieux comme un beau rêve. »

La Fée se gonfla, et l'instant d'après chaque enfant ressentit aux épaules une sensation bizarre — comme d'un poids qui serait venu s'y ajouter et qui cependant leur donnait une certaine légèreté. La Fée des Sables pencha la tête de côté et promena ses longs yeux de l'un à l'autre.

« Pas mal réussies, ces ailes, prononça-t-elle. Mais n'oubliez pas qu'elles ne dureront que jusqu'au coucher du soleil. Faites attention de ne pas vous laisser surprendre à ce moment-là dans un endroit trop élevé! Je ne vous en dis pas davantage. »

En effet, les ailes merveilleuses étaient très grandes et très belles, douces et lisses comme celles d'un pigeon ; et la couleur des plumes était ravissante, d'une teinte irisée qui rappelait l'arc-en-ciel ou encore les jolies bulles de savon qu'admirent tant les enfants.

« Mais pensez-vous que nous saurons voler? » demanda

Jeanne, se tenant anxieusement tantôt sur un pied tantôt sur l'autre.

« Fais donc attention, dit Cyrille, tu marches sur mon aile.

— Est-ce que cela fait mal? demanda Anna avec intérêt, mais elle ne reçut aucune réponse, car Robert venait de s'élancer en déployant ses ailes, et s'élevait lentement au-dessus de leurs têtes. Il avait un air tout à fait baroque avec son costume d'écolier : ses chaussures surtout, au bout de ses jambes qui n'en finissaient plus, semblaient dix fois plus grandes que lorsqu'il marchait avec. Mais les autres ne s'inquiétèrent pas longtemps de l'air qu'il avait, ni même de celui qu'ils pouvaient avoir, eux aussi, car bientôt tous avaient déployé leurs ailes et planaient dans l'espace.

Mes jeunes lecteurs, dans leurs rêves, ne se sont-ils jamais imaginé qu'ils s'élevaient ainsi dans les airs? Se rappellent-ils cette délicieuse sensation, ces mouvements simples et faciles? Et encore, dans les rêves, on trouve moyen, généralement, de voler sans ailes, ce qui est beaucoup plus extraordinaire et plus adroit. Et pourtant c'est arrivé à presque tout le monde.

On n'aura donc pas de peine à se figurer combien il fut agréable, pour nos petits amis, de sentir l'air leur fouetter le visage aussitôt que leur vol devint un peu plus rapide. Leurs ailes étaient immenses lorsqu'elles étaient complètement déployées, et ils durent se tenir à une certaine distance les uns des autres pour éviter de se gêner mutuellement dans leurs mouvements. Mais ces petits détails s'apprennent facilement.

Les mots me manquent pour vous décrire exactement ce qu'ils éprouvaient à planer ainsi au-dessus des champs et des bois qu'ils voyaient s'étendre à perte de vue comme une vivante mappemonde.

De tous les souhaits réalisés jusqu'à ce jour c'était certainement le plus merveilleux et le plus féerique. D'un vol rapide et léger, les enfants se dirigèrent d'abord sur

D'un vol rapide et léger, les enfants se dirigèrent sur Rochester.

Rochester, puis, obliquant à droite, ils allèrent vers Maidstone.

Bientôt ils se sentirent une faim de loup et, par une heureuse coïncidence, ils passaient justement au-dessus d'un immense verger, et cela assez près de terre pour pouvoir distinguer sur les arbres quelques prunes hâtives dont l'aspect succulent leur fit venir l'eau à la bouche.

« Bien sûr, dit Cyrille, quoique personne n'eût parlé, mais prendre ce qui ne vous appartient pas n'est pas honnête, même quand on a des ailes.

— En es-tu bien sûr? repartit Jeanne malicieusement. Si on a des ailes, c'est qu'on est un oiseau, et tout le monde trouve naturel qu'un oiseau picore des graines ou des fruits. En tout cas les oiseaux ne s'en privent guère et personne ne leur en fait un crime ni ne songe à les envoyer en prison. »

L'argument parut irréfutable; les autres ne demandaient, d'ailleurs, qu'à se laisser convaincre.

Ce ne fut pas chose facile, avec leurs grandes ailes, de se percher sur un prunier. Ils finirent, cependant, par y arriver, et jamais prunes ne leur avaient paru plus juteuses ni plus douces. Ils venaient, heureusement, d'en manger à leur faim, lorsqu'ils aperçurent un gros homme, le fermier sans doute, qui accourait le plus vite possible en brandissant un grand bâton. D'un commun accord, les quatre enfants dégagèrent leurs ailes des branches du prunier et furent bientôt à cent pieds de terre.

Le gros homme resta cloué sur place, muet d'étonnement et de terreur. Il avait vu de loin remuer les branches de l'arbre et il était accouru aussitôt, car les gamins du village lui avaient, aux saisons précédentes, abondamment prouvé la nécessité d'une surveillance étroite. Mais lorsqu'il vit quatre monstres fantastiques planer au-dessus du prunier, les jambes lui manquèrent et il se laissa tomber lourdement sur l'herbe.

Anna, le voyant en si piteux état, bouche bée et le
visage congestionné, en eut pitié et lui cria :

Le gros homme resta cloué sur place.

« N'ayez pas peur ! »

Et après avoir cherché dans sa poche une pièce de
cinquante centimes elle s'approcha de l'infortuné fermier en lui disant :

« Nous avons mangé quelques-unes de vos prunes ; nous ne pensions pas que ce fût mal, mais à présent je n'en suis plus aussi sûre. Voici de l'argent pour les payer. »

Se penchant au-dessus du gros homme terrifié, elle glissa la pièce de cinquante centimes dans la poche de son veston, et en quelques coups d'aile alla rejoindre les autres.

« Doux Jésus ! fit le bonhomme lorsqu'il retrouva sa voix. Je viens sûrement d'avoir une vision... Et pourtant, cette pièce... C'est égal, à partir d'aujourd'hui je vais tâcher de devenir meilleur. Il y a de quoi vous rendre sérieux pour le restant de vos jours. Malgré leurs ailes, ce n'étaient pas des oiseaux, pour sûr ! »

Il se leva lentement et rentra chez lui d'un pas pesant. Toute la journée il fut très doux avec sa femme qui n'en revenait pas de surprise et qui se disait à tout moment :

« Mais qu'est-ce qui a donc bien pu arriver à mon homme ? »

A quelque chose malheur est bon, et s'il n'est rien de tel que des ailes pour vous mettre dans l'embarras, il n'est rien de tel, non plus, pour vous en tirer. Les enfants eurent bientôt l'occasion de s'en apercevoir.

Plus affamés que jamais, malgré leurs prunes, ils se présentèrent un peu plus tard à la porte d'une ferme pour demander un morceau de pain et de fromage. Ils avaient eu soin de replier leurs ailes et de les dissimuler le plus possible.

Un grand chien noir s'élança vers eux en aboyant furieusement, et il est bien évident que s'ils avaient été quatre enfants ordinaires, le féroce animal aurait enfoncé ses crocs dans leurs mollets. Mais ils n'eurent garde de lui en fournir l'occasion. Au premier grognement il y eut un battement d'ailes précipité ; le chien, dressé sur ses pattes de derrière, sembla bien vouloir essayer de voler, lui aussi. Mais il retomba lourdement et resta impuissant malgré ses bonds.

Les enfants allèrent ainsi de ferme en ferme, mais, même quand il n'y avait pas de chien, les gens étaient si effrayés qu'ils leur fermaient la porte au nez. D'autres poussaient des cris de terreur jusqu'à ce que les enfants se fussent éloignés. Quatre heures sonnèrent; leurs ailes étaient toutes raidies par la fatigue; ils s'arrêtèrent sur la tour d'une église et tinrent conseil.

« Jamais nous ne pourrons voler jusqu'à la maison sans avoir trouvé quelque chose à manger, dit Robert d'un ton découragé.

— Et personne ne veut nous donner à dîner, ni même à goûter, ajouta Cyrille.

— Que faire, que devenir? clamèrent les fillettes.

— Ma foi, dit Cyrille résolument, quand le pays où l'on se trouve vous refuse les aliments nécessaires à votre subsistance, on a le droit de les prendre. C'est toujours comme cela qu'on agit en temps de guerre. D'ailleurs, même en temps de paix, un bon frère a le devoir de veiller à ce que ses petites sœurs ne meurent pas de faim quand les vivres abondent dans le voisinage.

— Dans le voisinage? » répéta Robert. Et tous de contempler avec tristesse les pierres froides et nues de la tour.

« Je dis dans le voisinage, affirma Cyrille d'un ton énergique. En passant auprès de la cure j'ai vu, par la fenêtre d'un office une foule de choses bonnes à manger. Il y avait un flan, du poulet froid, du jambon, un gâteau de riz, de la tarte aux pommes et des confitures. La fenêtre est assez haute et on aurait du mal à y grimper, mais avec nos ailes...

— Cela me semble très mal, dit Anna, d'aller prendre ce qui ne nous appartient pas.

— Allons donc, objecta Cyrille, nécessité fait loi. »

La pauvre Anna se sentait sur le point de fondre en larmes, car il est très pénible de se sentir tiraillé à la fois par la faim et par sa conscience.

« Nous pouvons d'ailleurs réunir tout ce que nous avons d'argent sur nous, continua Cyrille, et le laisser pour payer ce que nous prendrons.

— On peut en tout cas en laisser une partie, fut la prudente réponse de Robert. »

Là-dessus chacun vida ses poches. Ils possédaient entre eux tous six francs soixante-dix, et même, la consciencieuse Anna dut reconnaître que c'était plus qu'il n'en fallait pour payer leur dîner.

Robert ne voulait laisser que deux francs, mais Anna finit pas obtenir qu'on en laisserait trois. Elle écrivit donc sur le verso de son dernier bulletin scolaire la lettre suivante, non sans avoir eu soin d'en détacher la partie où étaient inscrits son nom et celui de l'école.

« Cher Monsieur le Curé. — Nous avons vraiment très faim, ayant plané dans les airs toute la journée. Il nous semble que cela ne peut pas être mal de prendre quelques aliments quand on est sur le point de mourir d'inanition. Nous ne prenons d'ailleurs que le strict nécessaire et nous ne voulons toucher ni au gâteau de riz ni à la tarte pour vous prouver que si nous avons recours à votre garde-manger ce n'est pas par gourmandise mais bien par nécessité. Nous ne sommes pas des voleurs...

« Abrège, abrège, firent les autres en chœur. Et Anna se dépêcha d'ajouter :

« Nos intentions sont honnêtes. Pour vous le prouver, voici trois francs que nous vous laissons pour vous montrer que nous sommes sincères et très reconnaissants de votre bonne hospitalité.   « NOUS QUATRE. »

On enveloppa les trois francs dans cette lettre et l'on pensa qu'après l'avoir lue le curé comprendrait tout.

« Il est bien évident, reprit Cyrille, qu'il y aura quelques risques à courir. Le mieux, à mon avis, sera de gagner le bas de la tour, puis de prendre par le cimetière et de traverser le verger. La fenêtre de l'office donne

Chacun vida ses poches.

précisément sur l'autre côté du verger. Nous la reconnaîtrons facilement car elle est tout encadrée de lierre. J'entrerai prendre les provisions, je les passerai par la fenêtre à Robert et à Anna, pendant que Jeanne fera le guet. Elle a de bons yeux, et elle sifflera doucement si elle aperçoit quelque passant. Et maintenant, filons! »

Je ne prétends pas justifier la conduite des enfants en cette circonstance, loin de là. Il faut se rappeler, cependant, que, pour eux, il s'agissait d'une simple transaction commerciale, ne faisant de tort à personne.

Jamais ils n'avaient eu l'occasion de se rendre compte qu'on ne trouve guère à acheter pour trois francs, même dans la boutique la plus modeste, une langue — à peine entamée — un poulet, un pain de deux livres et un siphon.

Telles furent, cependant, les provisions jugées indispensables et que Cyrille fit passer aux autres par la fenêtre après qu'on fut arrivé sans incident à l'heureux endroit. Encore se jugea-t-il héroïque à l'égal des anciens Romains, en s'abstenant d'y adjoindre la tarte aux pommes et quelques confitures. Il fut bien tenté aussi de prendre le flanc, mais il eût fallu emporter le plat, et comment faire pour le rendre?

La même difficulté ne se présentait pas pour le siphon. D'abord, on ne pouvait se passer de boire, et comme, d'ailleurs, le nom du fabricant était gravé sur le verre, rien de plus facile que de le lui rendre. Ils pourraient la lui reporter le jour même, car il habitait Rochester, ce qui ne les détournerait pas beaucoup de leur chemin pour rentrer chez eux.

Transportées sans tarder jusqu'au sommet de la tour, les provisions furent bien vite étalées sur une grande feuille de papier que Cyrille avait trouvée sur un rayon dans l'office. Comme il la dépliait, Anna lui dit :

« Voilà, par exemple, une chose que tu n'aurais pas dû prendre. Ce n'était pas indispensable.

— C'est ce qui te trompe, lui répondit Cyrille. Nous sommes bien obligés de poser nos provisions quelque part pour pouvoir les couper, et j'ai entendu dire l'autre jour à papa qu'il n'y avait rien de tel que l'eau de pluie pour vous donner des microbes. Il doit tomber beaucoup de pluie sur cette tour, et quand elle s'évapore, les microbes restent. Il s'en mettrait dans les affaires et nous mourrions tous de la fièvre typhoïde. En tout cas mangeons vite, je meurs de faim! »

On n'aura pas trop de peine à se figurer ce pique-nique

Cyrille leur passa un poulet,
un pain de deux livres et un siphon.

au sommet de la tour : le découpage du poulet et de la langue avec un couteau de poche dont l'unique lame était très courte et tout ébréchée. On y arriva cependant, tant bien que mal. Puis, manger avec ses doigts

n'est guère facile, ni propre surtout; les assiettes en
papier furent bientôt toutes tachées de graisse et horri-
bles à voir. Ce qu'il y a de plus difficile à se représenter
c'est combien il est peu commode de boire à même un
siphon, surtout quand il est plein. S'ils conservent le
moindre doute à ce sujet, mes jeunes lecteurs n'ont qu'à
en faire eux-mêmes l'expérience.

Lorsqu'ils eurent terminé leur repas, les enfants se
sentirent envahis par une étrange somnolence. Un
quart d'heure ne s'était pas écoulé qu'ils dormaient
tous les quatre comme des bienheureux, recouverts de
leurs grandes ailes tièdes et moelleuses comme le meilleur des édredons.

Le soleil se couchait lentement à l'horizon qu'ils
dormaient encore, sans s'apercevoir nullement de la fraî-
cheur qui tombait avec le crépuscule. La grande ombre
de la tour se projetait sur le cimetière, sur la cure,
et même au delà, sur la campagne. Bientôt les ombres
s'effacèrent — le soleil avait disparu, et les ailes aussi !

Les enfants eurent bientôt fait de se réveiller, comme
il vous arrive à vous-mêmes, si profondément que
vous puissiez dormir, quand les couvertures glissent
à bas de votre lit. Privés de leurs ailes, ils frissonnèrent
de la tête aux pieds et ouvrirent les yeux.

Il faisait presque nuit. Les étoiles s'allumaient par
milliers dans le ciel et nos pauvres enfants se trou-
vaient tout au sommet de la tour d'une église, à plusieurs lieues de la maison, avec quelques sous en
poche, et, sur la conscience, un acte d'une probité douteuse, dont il leur faudrait rendre compte si on les
rencontrait, le fatal siphon à la main.

Ils se regardèrent tout déconfits. Cyrille, ramassant
le siphon, parla le premier :

« Avant tout, il nous faut descendre et nous débar-

rasser de cette maudite bouteille. Il fait assez nuit pour
que nous puissions la déposer, sans risquer d'être vus,
à la porte de la cure. Partons. »

Dans un coin de la tour se trouvait une petite porte

Ils dormaient tous les quatre.

basse. Les enfants l'avaient remarquée pendant qu'ils
mangeaient, mais ils ne s'en étaient pas approchés, et
cela se comprend. Quand on a des ailes, les portes
n'offrent guère d'intérêt. .

Leurs regards se dirigèrent maintenant de ce côté.

« Naturellement, dit Cyrille, c'est par là qu'on des-
cend. Mais la porte était fermée à clef !

Cruelle angoisse! Glissons discrètement sur le quart d'heure qui suivit, sur les larmes des unes, sur l'impuissant dépit des autres. Quand ils furent un peu calmés, Anna remettant son mouchoir dans sa poche, s'écria bravement :

« En tous cas, ce ne sera jamais qu'une nuit à passer ici. Heureusement que le temps est beau et que le jour se lève de bonne heure, en été. Demain matin, nous ferons des signes avec nos mouchoirs et on montera nous délivrer.

— Et on trouvera le siphon, ajouta Cyrille d'un air sombre, et nous serons tous envoyés en prison pour avoir volé!'»

— Mais tu nous affirmais que ce n'était pas voler, tout à l'heure.

— Je n'en suis plus aussi sûr, à présent, dit Cyrille d'un ton bref.

— Si nous jetions le siphon par-dessus le parapet, proposa Robert, comme cela personne ne pourrait rien nous dire.

— C'est cela, dit Cyrille en haussant les épaules avec impatience, pour attraper quelqu'un sur la tête et devenir des assassins aussi bien que des... que des... enfin, je m'entends. »

Il se fit un silence. Alors Cyrille reprit lentement.

« Écoutez, tant pis. Nous ne pouvons faire autrement que d'emporter le siphon. Je le cacherai sous ma jaquette et vous autres, vous vous tiendrez devant moi. Je vois des lumières dans la maison du curé. Ils ne sont donc pas encore couchés et il s'agit d'attirer leur attention en criant aussi fort que possible. Quand j'aurai compté jusqu'à trois, criez tous à pleins poumons. Une... deux... trois...! »

Dans le silence paisible de la nuit, quatre cris reten-
tirent : Ohé! Ohé! Une domestique, en train de bais-
ser les stores, se pencha par une des fenêtres de la
cure.

« Une... deux... trois! »

Et de nouveaux leurs cris perçants firent tressaillir les
hiboux et les chauves-souris qui tourbillonnaient autour
du beffroi.

La domestique, quittant précipitamment la fenêtre,
courut sans s'arrêter jusque dans la cuisine où elle
s'affala sur une chaise en disant à la cuisinière qu'elle
venait de voir un fantôme.

« Une... deux... trois! »

Cette fois le curé était descendu sur le pas de sa porte,
suivi de près par sa gouvernante. Les cris parvinrent
distinctement jusqu'à lui.

« Seigneur Jésus! s'écria-t-il, on dirait vraiment qu'on
assassine quelqu'un dans l'église. Donnez-moi mon chapeau et une grosse canne et dites à André de venir avec
moi. C'est peut-être un fou qui se sera échappé. »

Lorsque les deux hommes arrivèrent devant l'église,
des cris répétés les accueillirent. Comme ils cessaient,
André, se faisant un porte voix de ses deux mains, cria
fortement :

« Hé, là-bas! Qui appelle?

— Nous, s'écrièrent en chœur quatre voix qui semblaient tomber du ciel.

— C'est extraordinaire, dit le curé, on dirait qu'ils
sont en l'air.

— Où êtes-vous? » demanda André, et Cyrille répondit
de sa voix la plus grave, très lentement et très fort.

— Sur la tour de l'église! tout en haut!

— Eh bien descendez, dit André.

— Impossible! La porte est fermée à clef!

— Bonté divine! s'écria le curé. André, courez à l'écurie chercher la lanterne. Peut-être feriez-vous bien d'aller chercher main forte dans le village. »

André s'en fut quérir la lanterne et revint, suivi du cousin de la cuisinière, qui était garde-chasse. Puis tous trois traversèrent le cimetière et gravirent péniblement les degrés de l'escalier en colimaçon par où l'on montait à la tour.

Tout en haut, ils furent arrêtés par une petite porte munie d'une forte serrure et de deux gros verrous. Le cousin de la cuisinière donna un grand coup de talon dans la porte en criant :

« Hé, là-bas! »

Les enfants, serrés les uns contre les autres, se tenaient aussi loin de la porte que possible. Ils avaient la voix enrouée à force de crier et pouvaient à peine parler. Cyrille arriva cependant à prononcer d'une voix rauque :

« Ici; nous sommes ici!

— Comment êtes-vous montés-là? »

Il n'eût pas servi à grand'chose de répondre : « Avec nos ailes ». Personne ne les aurait crus. Cyrille répondit donc :

« Nous sommes montés et après nous avons trouvé la porte fermée et nous n'avons pas pu descendre. Ouvrez-nous, s'il vous plaît.

— Combien êtes-vous? reprit le garde.

— Seulement quatre, dit Cyrille.

— Êtes-vous armés?

— Si nous sommes quoi?

— Vous ferez bien de ne pas essayer de nous jouer de tours. J'ai mon fusil à la main. Si nous vous ouvrons, voulez-vous nous promettre de descendre tranquillement? »

Sans attendre la réponse, et tout fier de son courage,

le garde tira les verrous, tourna la grosse clef et ouvrit
la porte. Puis il fit un pas en avant, tenant son fusil
d'une main et la lanterne de l'autre. Lorsque la clarté de
cette dernière tomba sur le groupe des enfants qui se
tenaient blottis à l'autre bout de la tour, les bras lui
tombèrent. Il faillit lâcher sa lanterne.

Tout en haut le curé, le garde chasse et André furent arrêtés
par une petite porte.

« En voilà bien d'une bonne! s'écria-t-il, mais c'est un
tas de bambins! »

Le curé s'avança à son tour.

« Comment êtes-vous venus ici? demanda-t-il d'un ton
sévère. Répondez-moi sur-le-champ.

— Oh, faites-nous descendre d'abord! dit Jeanne en
l'attrapant par la manche de sa soutane. Nous vous dirons
ensuite tout ce que vous voudrez. »

Ils descendirent et on les emmena dans le cabinet de travail du curé où la gouvernante les suivit en toute hâte, dévorée de curiosité.

« A présent, expliquez-nous un peu comment vous avez trouvé moyen de vous faire enfermer là-haut?

— Il faut vous dire, commença Robert lentement et en cherchant ses mots, que nous sommes montés là-haut sans mauvaise intention... Comme nous étions très fatigués, nous nous sommes tous endormis.... Quand nous nous sommes réveillés et que nous avons voulu descendre, la porte était fermée..., alors, nous avons crié...

— Ah, pour ça oui, que vous avez crié, interrompit la gouvernante. Au point d'effrayer tout le monde, et de nous faire perdre la tête! Vous n'avez pas honte?

— Oh, oui, Madame! répondit Jeanne avec douceur, nous sommes bien fâchés.

— Mais qui donc avait fermé la porte? demanda le curé.

— C'est ce que nous ne savons pas, dit Robert avec une sincérité absolue. Je vous en supplie renvoyez-nous à la maison.

— Je crois, ma foi, que c'est ce que nous avons de mieux à faire, dit le curé, André, attelez le char à bancs, et reconduisez-les chez eux. »

On voit que les enfants s'en tirèrent à meilleur compte qu'ils ne le méritaient. Pendant plusieurs jours, cependant, ils ne cessèrent de trembler que le curé, à qui ils avaient été forcés de donner leur adresse, ne vînt leur demander compte de la petite transaction commerciale qui s'était déroulée dans son office. Il faut croire que le digne curé prit la chose du bon côté, car jamais ils n'en entendirent parler.

Quant à Marthe, elle fut naturellement très fachée et les envoya au lit avec une avalanche de reproches. Ils furent, de plus, condamnés à passer toute la journée du lendemain à la maison. Seul Robert..., mais ceci appartient au conte du château assiégé.

LE CHATEAU ASSIÉGÉ

L E jour suivant, ils furent obligés de rester à la maison.
Seul, Robert obtint la permission de sortir un instant
pour aller chercher quelque chose. Il s'agissait, bien
entendu, du souhait que la Fée des Sables leur accordait
tous les jours.

Robert n'eut pas le temps de s'entendre avec les autres
avant de partir et quand il eut trouvé la Fée, il s'aperçut
qu'il ne savait trop que demander. En désespoir de cause
il lui dit :

« Dites, ne pourriez-vous pas accorder un souhait aux
autres sans qu'ils soient obligés de venir jusqu'ici? Je
vous en prie faites en sorte que n'importe ce qu'il
souhaiteront se réalise. »

La Fée y consentit. Robert, pris subitement d'inquiétude, se hâta de rentrer. Les autres ne sachant pas ce qui
venait d'être convenu, étaient bien capables de dire : « Je
voudrais bien qu'il soit l'heure de dîner » ; — ou bien :
« Je voudrais bien que tu ne remues pas tout le temps »,
sans se douter que cela se réaliserait aussitôt, et qu'alors
c'en serait fait, pour toute la journée, de l'espoir d'un
souhait sérieux.

Il se mit donc à courir de toutes ses forces, mais quand

il eut tourné le coin, d'où l'on voyait habituellement la girouette en fer forgé qui surmontait la maison, il s'arrêta court.

Plus de maison! La grille, les jardins, tout avait disparu! Évidemment les autres avaient dû souhaiter quelque chose d'extraordinaire. A la place de la maison s'élevait un château fort majestueux et immense, aux murs noircis par le temps, avec des créneaux et des meurtrières et huit grandes tours. Le terrain occupé jadis par le jardin et le verger paraissait couvert de points blancs. Robert s'avança lentement et quand il fut plus près, il se rendit compte que les points blancs étaient des tentes. Des hommes revêtus d'armures, se promenaient dans le camp.

« Ça y est, se dit Robert avec conviction. Ils ont dû souhaiter d'être dans un château assiégé! »

Deux hommes, portant des casques d'acier, venaient à sa rencontre. Leurs longues jambes étaient recouvertes de hautes bottes de cuir jaune, et ils faisaient de si grandes enjembées, que Robert n'essaya même pas de se sauver. Il resta cloué sur place et les regarda approcher en dissimulant de son mieux les sentiments d'inquiétude qui l'agitaient. Les nouveaux venus parurent tout à fait charmés de son attitude.

« Par ma sainte patronne, dit l'un d'eux, ce varlet ne manque pas de bravoure. »

Robert fut très flatté d'entendre parler de sa bravoure. Du coup il se sentit devenir brave. Il passa sur le terme varlet, qui n'avait évidemment pas dû être employé dans un sens désagréable. C'est ainsi, d'ailleurs, qu'on s'exprimait au moyen âge; il le savait par les romans historiques.

« Son accoutrement est étrange, dit l'autre. Quelque traître étranger, sans doute.

— Parle, jouvenceau, qu'est-ce qui t'amène en ces lieux? »

Robert comprit que cela voulait dire :

« Dis donc, petit, qu'est-ce que tu viens faire par ici? »

Il répondit donc avec autant d'assurance que possible, et en faisant appel à ses souvenirs de Walter Scott pour arriver à se faire entendre de ses interlocuteurs.

« Ne vous déplaise, mes-

A la place de la maison
s'élevait un château fort majestueux.

sires, je regagne la demeure de mon père.

— Eh bien, passe ton chemin, maraud, dit l'homme, mais sache bien que nous ne laisserons pas de te suivre.

« Par Saint-Denis, ajouta-t-il en se tournant vers son compagnon, je ne serais pas autrement surpris qu'il fût porteur de nouvelles pour les assiégés. »

« De quel côté se trouve ta demeure, maroufle? demanda l'autre.

— Ici tout près, dit Robert, qui comprit aussitôt la faute qu'il avait commise. Il aurait dû dire : assez loin d'ici.

— Ha ! tu l'as dit, répliqua l'un des hommes d'armes, suis-nous, jeune truand, ceci concerne notre chef. »

Et, bien à contre cœur, Robert, traîné par l'oreille, fut conduit devant le chef.

Celui-ci était bien le personnage le plus resplendissant que Robert eût jamais aperçu.

Il était revêtu d'une cuirasse éblouissante et d'un casque avec visière, cimier, plumes et tout ce qui s'ensuit. Monté sur un grand cheval, richement caparaçonné, il tenait un bouclier et une lance. Une large et longue épée lui battait les mollets. Sur le bouclier étaient gravées les armes du chevalier. Trois lions rampants, de gueules sur fond d'azur.

Et si quelque esprit chagrin, collectionneur ou amateur d'antiquités, vient dire à nos jeunes lecteurs, en voyant la gravure de la page 97, que les différentes parties de l'armure de ce beau chevalier étaient d'époques différentes, notre seule réponse c'est que le chef était semblable en tous points aux images que Robert avait si souvent admirées dans les romans historiques.

Il est bien certain que le bouclier datait du XIIIᵉ siècle, et la cuirasse du temps de Louis XIII. Le casque était pareil à ceux dont on se servait pendant la guerre de Cent Ans, tandis que la grande épée à deux tranchants rappelait celles de la seconde croisade.

Tout l'aspect du camp des assiégeants, d'ailleurs, était de nature à faire frémir un amateur de la vérité historique. Ces hommes de guerre, qui semblaient s'être affublés au petit bonheur dans un magasin d'accessoires ou dans un musée, se promenaient au milieu de tentes dernier modèle munies de tous les perfectionnements approuvés récemment par le Ministère de la Guerre.

Mais Robert ne s'inquiétait pas de semblables détails.

Il était muet d'admiration et, devant tout cet appareil guerrier, il se sentit plus brave que jamais.

« Avance ici, damoiseau, dit le chef après que les hommes d'armes lui eurent dit quelques mots à voix basse. Il avait ôté son casque qui le gênait pour voir. Son

Robert, traîné par l'oreille,
·fut conduit devant le chef.

visage, encadré de cheveux blonds, respirait la bonté. N'aie aucune crainte, on ne te mettra ni les poucettes ni les brodequins. Parle donc sans frayeur. D'où viens-tu et quelle est ta mission? Ne crains pas de dire la vérité, pauvre enfant, égaré au milieu de ces rudes hommes de guerre. Tu n'a rien à redouter de Wulfric de Talbot. »

L'idée vint à Robert que ce chef glorieux, né lui-même

du souhait exaucé par la Fée, serait plus à même de comprendre toutes les aventures merveilleuses des dernières journées que ne l'avaient été Marthe, le commissaire de police, les bohémiens et le bon curé de la veille. La seule chose qui le mit dans l'embarras, c'était la crainte de ne pouvoir s'exprimer dans un langage intelligible pour son interlocuteur.

Néanmoins il commença hardiment par cette phrase du Fils des Croisés :

« Grand mercy de ta courtoisie, beau Sire. — Voici les faits, ajouta-t-il, faisant retour à son langage de tous les jours. Mon père et ma mère son partis en voyage, et pendant que nous jouions dans la sablonnière, nous avons trouvé une Fée des Sables.

— Par notre Sainte Dame! Une Fée des Sables? interrogea le chevalier.

— Oui... une espèce de fée... ou d'enchanteur... oui, c'est cela un enchanteur... qui nous a promis d'accomplir chaque jour un souhait que nous formerions, et le premier jour nous avons désiré d'être beaux.

— On ne s'en douterait guère, murmura un des hommes d'armes en regardant le visage de Robert. Celui-ci continua comme s'il n'avait rien entendu :

— Ensuite nous avons souhaité un trésor — beaucoup d'argent vous savez — mais nous n'avons jamais pu le dépenser. Et hier, nous avons demandé des ailes, et nous les avons eues, et nous avons commencé par rudement nous amuser...

— Ton langage est plutôt étrange, dit le seigneur Wulpic de Talbot, répète tes derniers mots. Tu disais?

—Nous nous sommes fameusement... joliment... enfin je veux dire que nous étions très contents tout d'abord, mais après nous nous sommes trouvés dans un rude guêpier.

— Un guêpier, qu'est-ce que tu entends par là? Une
bataille, peut-être?

— Non, ce n'est pas une bataille, c'est un.... endroit
où on est bien mal à l'aise.

— Un donjon? Hélas, que tes pauvres
petits membres chargés de fers ont dû souffrir! dit le chevalier avec
sympathie.

— Ce n'était pas un

Le chef était vêtu d'une cuirasse éblouissante.

donjon, non plus.... Nous avons eu des mésaventures
cruelles, expliqua Robert. Aujourd'hui on nous a punis
en nous obligeant de rester à la maison. — C'est là-bas
que je demeure, dit-il en montrant du doigt le château,
les autres sont enfermés là, on ne leur a pas permis de
sortir — tout cela par la faute de la Fée des Sables —
je veux dire l'enchanteur. Je regrette seulement de
l'avoir rencontré!

— C'est un enchanteur puissant?

— Oh, oui, d'un grand pouvoir.

— Et tu estimes que ce sont les charmes de l'enchanteur, irrité contre vous, qui font prévaloir l'armée assiégeante, dit le valeureux guerrier. Mais sache, pauvre enfant, que Wulfric de Talbot n'a besoin de l'aide d'aucun enchanteur pour conduire ses hommes à la victoire.

— Non, j'en suis bien sûr, se hâta de répondre Robert, d'un ton conciliant. Mais tout de même c'est un peu de sa faute.... et la nôtre. Sans nous, vous ne seriez rien.

— Comment, comment, hardi truand? dit le chevalier avec hauteur. Ton discours est obscur et à peine courtois. Dévoile-moi cette énigme. '

— Oh, dit Robert d'un ton désespéré, naturellement vous ne vous en doutez pas, mais vous n'existez pas en réalité. Vous n'êtes là que parce que les autres ont dû être assez idiots pour souhaiter de se trouver dans un château assiégé, et quand le soleil aura disparu à l'horizon, vous disparaîtrez également et tout sera dit. »

Le chevalier et les hommes d'armes échangèrent des coups d'œil, pleins de pitié d'abord, puis plus sévères lorsqu'un de ces derniers eut dit :

« Prends garde, noble seigneur; ce petit drôle simule la folie pour nous attendrir. Ne faudrait-il pas le mettre à la question?

— Je ne suis pas plus fou que vous, dit Robert, se fâchant pour tout de bon. Seulement je me suis bêtement figuré que vous pourriez comprendre quelque chose. Laissez-moi m'en aller, je ne vous ai rien fait.

— Et où veux-tu aller? demanda le chevalier, qui avait parfaitement semblé croire à toute l'histoire de l'enchanteur, tant qu'elle ne le concernait pas lui-même.

— Mais, chez moi, naturellement, répondit Robert en désignant le château.

— Pour leur porter la nouvelle qu'il leur arrive des secours! Nenni.

— Eh bien, dit alors Robert, frappé d'une idée soudaine, alors laissez-moi m'en aller ailleurs. Seigneur de Talbot, tu devrais juger honteux et méprisable de... de garder un gamin, — je veux dire quelqu'un qui ne t'a fait aucun mal lorsqu'il ne demande qu'à s'en aller paisiblement.

— Tu oses me faire la leçon, maroufle! » commença le chevalier, non sans emportement. Néanmoins cet appel à sa générosité parut l'avoir touché et il reprit après un instant de réflexion :

« Ma foi, va où tu voudras, tu es libre. Wulfric de Talbot ne guerroie pas contre les enfants. Jacques te tiendra compagnie.

— Bon, dit Robert avec humeur, Jacques s'amusera, je pense. Arrive, Jacques. Seigneur, je te salue. »

Il fit le salut militaire, à la moderne, et partit en courant vers la sablonnière. Les longues jambes de Jacques n'eurent pas de peine à le suivre. Aussitôt arrivé, Robert creusa le sable, trouva la Fée des Sables endormie, la réveilla et la supplia de lui accorder un souhait de plus.

« J'en ai déjà accompli deux ce matin, dit la Fée d'un ton maussade, et l'un d'eux n'était pas une petite affaire, il m'a donné beaucoup de mal.

— Je vous en prie, je vous en prie, » conjura Robert, pendant que Jacques considérait la scène avec une expression de crainte mêlée d'horreur, ne quittant pas des yeux l'étrange créature qui tout en parlant le dévisageait avec ses longs yeux d'escargot.

« Enfin, qu'est-ce que vous souhaitez si fort d'avoir? » dit la Fée d'un ton toujours maussade, car elle était fort ennuyée d'avoir été réveillée en sursaut.

« Je voudrais être avec les autres, » dit Robert et la
Fée commença aussitôt à se gonfler.

Robert perdit un instant toute conscience. Quand il
ouvrit les yeux, les autres l'entouraient. Il se trouvait
dans une espèce de cellule sombre, aux murs épais et nus
et dans laquelle ne se voyait aucun mobilier.

« Nous ne t'avons pas entendu entrer, lui dirent-ils.
Tu as été rudement gentil de souhaiter que notre souhait
s'accomplisse. Naturellement nous avons tout de suite
compris que c'est ce que tu as demandé.

— Seulement tu aurais bien dû nous prévenir de ton
intention. Ce serait du joli si nous avions souhaité
quelque chose de bête !

— En attendant, dit Robert. J'ai été bien près de
ma fin et je ne vois pas trop ce que vous auriez pu
souhaiter de plus bête. »

Il raconta tout ce qui lui était arrivé, et les autres
durent reconnaître qu'il l'avait échappé belle. Ils louèrent
tellement son courage et sa présence d'esprit que Robert
ne tarda pas à retrouver sa bonne humeur. Il se sentit
d'une bravoure à toute épreuve et consentit à être
nommé par acclamation capitaine des forces assiégées.

« Nous n'avons encore rien fait jusqu'à présent, dit
Anna avec empressement, nous t'attendions. Nous avons
seulement réuni tout ce que nous avons pu trouver de
poignards et de grosses pierres, et nous allons tirer à
travers ces petites meurtrières avec l'arc et les flèches
que l'oncle t'a donnés, c'est toi qui tireras le premier.

— Je ne pense pas qu'il faille les attaquer les pre-
miers, dit Robert prudemment, tu ne sais pas à quel
point ce sont de vrais guerriers. Ils ne comptent pas
nous attaquer avant le soir, je l'ai entendu dire à Jacques.
Nous avons tout le temps de nous préparer pour la
défense. »

La journée se passa très agréablement à explorer le
château dans tous ses détails. Il semblait difficile de
croire qu'il y eût réellement un danger quelconque. Dans
l'après-midi ils montèrent à la plus haute des tours, d'où
ils purent voir de tous côtés les tentes des assiégeants
plantées jusqu'au bord du
fossé.

Un frisson d'inquiétude
et de terreur saisit les enfants lorsqu'ils virent tous
ces hommes de guerre occu-
pés à fourbir et à aiguiser

Jacques contemplait la scène avec une expression de crainte et d'horreur.

leurs armes, à bander leurs arcs et à polir leurs bou-
cliers. Une troupe d'hommes d'armes assez considéra-
ble s'avançait sur la route, conduisant des chevaux
qui traînaient un grand tronc d'arbre. Cyrille pâlit,
car il savait que ce tronc devait servir de bélier, machine
de guerre fréquemment employée par les anciens.

« Quelle chance que nous soyons entourés de fossés,
dit-il, et surtout que le pont-levis soit levé! Jo n'aurais
jamais su le faire manœuvrer.

— Dans un château assiégé il allait de soi qu'il en fût ainsi, dit Jeanne.

— Il me semble que nous aurions dû y trouver des soldats, ajouta Robert.

— Nous ne savons pas depuis combien de temps le château est assiégé, fit Cyrille d'un air sombre. Peut-être que la plupart des braves défenseurs ont été tués tout au commencement du siège, et qu'il ne reste plus maintenant qu'un petit nombre d'intrépides survivants — nous autres — qui défendront le château jusqu'à la mort.

— Comment faire, dit Anna, pour le défendre jusqu'à la mort?

— Il faut nous armer jusqu'aux dents, tirer sur les assiégeants quand ils s'avanceront à l'attaque, et leur lancer des pierres et des poignards.

— On leur versait aussi du plomb fondu sur la tête, quand ils approchaient de trop près, dit Anna. Papa m'a montré les trous qui servaient à cet usage dans le vieux château de Bodiam. Il y a des trous pareils ici, dans la tour.

— C'est égal, je suis bien contente de penser que ce n'est que pour rire, dit Jeanne sans conviction, car c'est bien pour rire, n'est-ce pas? »

Mais personne n'eut le temps de répondre. Le son retentissant d'une trompette leur coupa la parole.

« Les voilà qui vont nous attaquer, » dit Robert.

Tous descendirent en courant jusque dans la petite salle obscure et regardèrent par les fenêtres.

« Voyez, ils sortent tous de leurs tentes, reprit Robert, on dirait une fourmilière dans laquelle on a enfoncé un bâton. Et voilà Jacques qui rôde du côté du pont-levis. Je lui tirerais bien la langue, seulement il ne me verrait pas. Enfin, allons-y tout de même. Là! »

Les autres étaient beaucoup trop effrayés pour l'imiter.

Ils regardaient Robert avec une surprise mêlée d'admiration.

« Sais-tu que tu es fameusement brave, Robert! » dit Anna.

Une nouvelle fanfare se fit entendre.

« Bah! dit Cyrille, qui de pâle qu'il était tout à l'heure, était devenu cramoisi, Robert a eu l'occasion de s'aguerrir là-bas dans le camp de l'ennemi, mais moi je n'étais pas préparé, voilà tout. Vous allez bientôt voir si je ne suis pas aussi brave que lui. »

Un trompette s'avança jusqu'au bord du fossé et souffla de toutes ses forces dans son instrument. Quand ce bruit assourdissant eût cessé, un héraut qui accompagnait le trompette cria très fort :

« Ohé! vous là-haut! » Sa voix arriva distinctement jusqu'à la garnison du château.

« Eh bien, quoi, vous là-bas! répondit aussitôt Cyrille.

— Au nom du roi, notre maître, et de notre bon et vaillant chef, le seigneur Wulfric de Talbot, nous sommons le château de se rendre, sous peine d'être détruit par le feu et ses habitants passés par les armes sans quartier aucun. Vous rendez-vous?

— Non, hurla Robert, jamais de la vie, jamais, jamais! »

Le héraut d'armes répondit :

« En ce cas que votre sang retombe sur votre tête.

— Crions hourra, dit Robert avec feu. Ils verront ainsi que nous n'avons pas peur, et puis secouons nos armes pour faire plus de bruit. Un... deux... trois! Hourra! Hourra! Encore : Hourra! Hourra! Une dernière fois : Hourra! Hourra! »

Leurs acclamations étaient bien un peu grêles et enfantines, mais le son des armes entre-choquées produisait un effet tout à fait guerrier.

Au bout d'un moment, on entendit un bruit de pas dans l'escalier, des pas lourds accompagnés d'un cliquetis d'acier. Un instant, ils osèrent à peine respirer. Les pas montaient toujours; ils passèrent devant la porte sans s'arrêter, montant à l'étage supérieur. Alors Robert retira ses chaussures et s'élança sans bruit jusqu'à la porte qu'il entr'ouvrit.

« Attendez-moi ici, » murmura-t-il, et il monta l'escalier à pas de loup à la suite des lourdes bottes dont les éperons sonnaient à chaque marche. En arrivant à la salle d'en haut, il passa la tête par l'entre-bâillement de la porte. Jacques, encore tout ruisselant de l'eau du fossé, — il l'avait évidemment franchi à la nage, — touchait à la machine qui devait faire manœuvrer le pont-levis. Sans perdre un instant, Robert tira violemment la porte à lui, et la verrouilla au moment même où Jacques se retournait. Puis il dégringola l'escalier quatre à quatre jusque dans la petite salle, tout au bas de la tour, dont la fenêtre donnait sur le fossé.

« Nous aurions dû songer à barricader cette fenêtre, dit Robert aux autres qui l'avaient suivi. »

Il était temps d'arriver. Un second homme avait traversé le fossé, ses mains se posaient déjà sur le rebord de la fenêtre. Robert ne put comprendre comment cet homme avait pu faire pour se hisser hors de l'eau jusqu'à cette hauteur, mais sans chercher à résoudre ce problème, il s'empara d'une barre de fer qui servait à fixer en place un lourd volet et en asséna un grand coup sur les doigts agrippés à la fenêtre. L'homme retomba lourdement dans l'eau du fossé, la faisant jaillir de tous côtés. L'instant d'après, les enfants quittaient la petite salle. Robert en ferma la porte et, demandant à Cyrille de lui prêter main-forte, poussa les énormes verroux.

Alors la brave petite garnison respira. Bientôt on

entendit à l'étage supé-
rieur un fort craque-
ment, puis un grand
bruit de chaînes. Le sol
sembla trembler sous
leurs pieds. Les enfants
comprirent que le pont-
levis venait d'être
abaissé.

Presque aussitôt ils
entendirent résonner sur
le pont les sabots des
chevaux et le piétine-
ment des hommes d'ar-
mes.

« Vite en haut, s'écria
Robert. Jetons-leur des
affaires sur la tête. »

Même les filles se sen-
taient presque braves
maintenant. Sous la di-
rection de Robert, tout
le monde se mit à jeter
des pierres par les fenê-
tres. Au-dessous, il se
produisit un bruit confus
entre-mêlé de gémisse-
ments.

« Oh, dit Anna, toute
frémissante, et déposant
la pierre qu'elle était sur
le point de lancer, je
crains que nous n'ayons
fait du mal à quelqu'un ! »

Le soldat retomba lourdement
dans l'eau du fossé.

Robert s'empara de la pierre et la lança avec fureur.

« J'y compte bien ! dit-il. Je donnerais je ne sais quoi pour avoir une bonne casserole de plomb fondu ou d'eau bouillante à leur jeter sur la tête. Nous rendre ! J'aime bien leur toupet ! »

Au même instant les assiégés entendirent frapper un grand coup contre la porte d'entrée au bas de la tour. C'était le bélier qui entrait en danse. Les coups se répétèrent à intervalles réguliers. Dans la petite salle, il faisait presque nuit.

« Nous avons tenu bon jusqu'à présent, dit Robert, nous n'allons pas nous rendre maintenant. D'ici un moment le soleil sera couché. Écoutez-les tous hurler là en bas. Quel dommage que n'ayons pas quelques pierres de plus à leur lancer ! Versons-leur toujours cette eau sur la tête. Cela ne leur fera pas grand mal, c'est évident, mais cela leur sera très désagréable.

— Ne trouves-tu pas que nous ferions mieux de nous rendre ? dit Jeanne.

— Jamais de la vie ! s'écria Robert. Nous parlementerons s'il le faut, pour gagner du temps, mais nous ne nous rendrons à aucun prix. Je veux être soldat quand je serai grand, c'est bien plus amusant que d'entrer dans un ministère !

— Agitons nos mouchoirs et demandons à parlementer, insista Jeanne d'un ton suppliant. Le soleil ne se couchera donc jamais ce soir !

— Jetons-leur d'abord notre broc d'eau, » dit le féroce Robert.

Aussitôt dit, aussitôt fait. Anna pencha le broc au-dessus du trou le plus rapproché et versa. Ils entendirent bien l'éclaboussement que produisait l'eau en tombant, mais les assiégeants ne parurent pas s'en soucier le

moins du monde. Sous les coups redoublés du bélier
la porte craquait et gémissait sur ses gonds.

« Sommes-nous assez bêtes! dit Robert, se couchant
à plat-ventre pour regarder par le trou. Ces trous
donnent bien sur la
porte d'entrée, mais à
l'intérieur! Ils ne pour-
ront nous servir que
lorsque l'ennemi aura
franchi la herse et que
tout sera pour ainsi
dire perdu. Passez-moi
le broc. »

Anna pencha le broc au-dessus du trou le plus rapproché.

S'avançant jusqu'à la fenêtre il se mit à verser l'eau
par l'ouverture ménagée pour le passage des flèches. Il
venait à peine de commencer que les coups du bélier,
le piétinement des hommes et des chevaux et les cris de
« Rendez-vous! Rendez-vous », cessèrent comme par
enchantement. La petite salle obscure sembla tournoyer
un instant, puis tourelle, crénaux, château fort, tout

disparut subitement comme la flamme d'une bougie sur laquelle on aurait soufflé.

Quand les enfants revinrent à eux, ils étaient de nouveau sains et saufs dans leur grande et belle chambre à coucher de la Maison Blanche. Ils se précipitèrent tous à la fenêtre, et regardèrent dehors. Les fossés, les tentes, les hommes d'armes avaient disparu, et à leur place, on voyait de nouveau le jardin avec ses corbeilles de dahlias, d'œillets et de roses, les barreaux pointus de la grille et la route blanche et tranquille.

Chacun poussa un grand soupir de soulagement.

« A présent tout va bien, dit Robert. Je vous le disais bien que cela ne pouvait pas durer et qu'il ne fallait pas se rendre. Et nous ne nous sommes pas rendus !

— Oui, dit Cyrille, je suis bien content maintenant d'avoir souhaité un château.

— Et puis, appuya Anna, c'est la première fois que nous avons souhaité quelque chose qui ne nous a causé aucun ennui, pas de domestique en colère.... »

Tout à coup la porte s'ouvrit avec violence et Marthe entra en coup de vent.

« Vous n'avez pas honte ! dit-elle d'une voix frémissante d'indignation. Je croyais que pour une fois la journée allait se passer sans que vous manigancez quelque malice. Et voilà qu'on ne peut pas seulement prendre un peu l'air sur le pas de la porte sans recevoir un pot d'eau sur la tête ! Allons, au lit, tous tant que vous êtes ; ne vous le faites pas dire deux fois, et tâchez de vous lever demain un peu plus gentils ! »

Ils se couchèrent sans demander leur reste, et c'est ainsi que finit l'histoire du château assiégé.

VI

PLUS GRAND QUE LE GARÇON BOULANGER

Un jour, Robert eut maille à partir avec le garçon boulanger qui était très grand et très fort pour son âge. En le rencontrant, Robert lui avait lancé assez imprudemment une corde à sauter dans les jambes en guise de lasso, et le mitron, abusant de sa force, riposta par une volée de coups de poing. Jeanne s'était cramponnée à Cyrille, de sorte que celui-ci ne pouvait se porter au secours de son frère sans risquer de faire du mal à sa sœur, tandis qu'Anna, suspendue au garçon boulanger lui faisait, au nom de Robert, les plus plates excuses. La lutte se termina par un grand coup de pied qui envoya Robert rouler au milieu d'un tas de sable.

Cyrille était fâché contre Jeanne, Robert pestait contre Anna, mais surtout contre le garçon boulanger. Enfonçant ses talons et ses mains dans le sable, il se roulait de rage.

« Il verra, quand je serai grand, disait-il, le lâche, le brutal. Je le déteste, mais il ne l'emportera pas en paradis ! Et tout cela parce qu'il est plus grand que moi !

— C'est toi qui a commencé, dit Jeanne, assez mal à propos.

— Je le sais bien, petite sotte, mais c'était pour rire, et lui m'a donné des coups de pied : — regarde! »

Robert fit glisser son bas et il montra une meurtrissure violacée d'où s'échappaient quelques gouttes de sang.

« Je voudrais bien être plus grand que lui, je ne vous dis que ça! »

Il enfonça de nouveau ses doigts dans le sable, et eut un soubresaut. Sa main venait de rencontrer quelque chose de velu. C'était la Fée des Sables, bien entendu. L'instant d'après, le souhait de Robert s'était réalisé.

Il était plus grand que le garçon boulanger, oh, mais beaucoup, beaucoup plus grand! Personne n'avait de mètre sur lui pour mesurer Robert; mais il devait avoir certainement au moins douze pieds de haut et il était large en proportion.

Son costume, heureusement, avait grandi en même temps que lui. Un de ses bas immenses était encore baissé et laissait voir un gigantesque bleu sur son énorme jambe. Et sur sa face de géant, toute rouge de colère, quelques grosses larmes roulaient encore.

Il avait un air si gauche, et il était si grand pour porter un costume d'écolier que les autres ne purent s'empêcher de rire.

« C'est encore un tour que la Fée des Sables nous joue, dit Cyrille.

— Pas à nous, corrigea Robert, mais à moi. Si vous aviez un peu de cœur, vous essaieriez d'obtenir qu'elle vous donne à tous la même taille qu'à moi. Vous n'avez pas idée comme c'est gênant, ajouta-t-il assez inconsidérément.

— Pour ma part, dit Cyrille, je n'y tiens pas du tout. Il suffit de te regarder.

— C'est égal, dit Anna, c'est bien désagréable pour le pauvre Robert d'être le seul à être si grand. Prions la Fée de nous accorder un deuxième souhait, et si elle veut bien, demandons tous à être de la même taille. »

Les autres y consentirent, sans enthousiasme d'ailleurs, mais quand ils eurent trouvé la Fée, elle refusa net.

« Certainement non, dit-elle d'un ton maussade,

Le mitron riposta par une volée de coups de poing.

en se frottant le visage avec ses pieds. C'est un garçon violent et mal élevé, et cela lui fera du bien d'être pendant quelques heures d'une taille ridicule.

— Qu'avait-il besoin de venir me déterrer avec ses vilaines mains humides? C'est un vrai sauvage. Un garçon de l'âge de pierre se serait conduit avec plus de bon sens. Je ne sais vraiment pas pourquoi vous ne souhaitez jamais quelque chose de raisonnable. Allez-vous-en et laissez-moi dormir en paix. »

Elle leur montrait presque les dents et retroussait ses

moustaches d'un air furieux. Les enfants comprirent qu'il était inutile d'insister. Ils se tournèrent vers le colossal Robert.

« Eh bien, qu'allons-nous faire? demandèrent-ils tous à la fois.

— Avant tout, dit Robert d'un ton vindicatif, je vais causer un peu avec ce garçon boulanger. Je le rattraperai bien au bout de la route.

— Mais dis donc, mon vieux, fit Cyrille, tu ne vas pas frapper un garçon plus petit que toi?

— Tu penses bien que non, répondit Robert, je le tuerais. N'empêche que je veux lui donner une leçon dont il se souviendra. »

Il remonta son bas et se mit à arpenter la route. Chacune de ses enjambées avait bien deux mètres, de sorte qu'il ne lui fut pas difficile de rejoindre au bas de la côte le garçon boulanger qui, son grand panier sur le dos, s'en allait en sifflant sans se douter de ce qui allait lui arriver.

Comme il passait auprès d'une meule de foin, au tournant de la route, une main puissante le prit au collet pendant qu'une grosse voix grondait à son oreille.

« Je vais t'apprendre à malmener des garçons plus petits que toi. »

En même temps, il se sentit soulever de terre et déposer tout au sommet de la meule, qui avait au moins cinq ou six mètres de haut. Quant à Robert, il s'assit sur le toit d'une étable qui se trouvait à deux pas de la meule et s'offrit le plaisir de dire à l'infortuné mitron tout ce qu'il pensait de sa conduite.

Il n'est guère probable, d'ailleurs, que celui-ci ait tout entendu, car il était en proie à une terreur qui le paralysait complètement. Quand Robert eut dit tout ce qu'il avait sur le cœur, et même répété certaines choses

plusieurs fois, il secoua une dernière fois le jeune
garçon et lui dit :

« Maintenant, tire-toi de là comme tu pourras », et sur
ces mots il le laissa juché sur sa meule.

J'ignore comment fit le mitron pour descendre; ce

Robert était plus grand
que le garçon boulanger.

qui est certain, c'est qu'il arriva très en retard à la
boulangerie et reçut une verte réprimande, qu'il n'avait
du reste pas volée.

Il ne fit qu'aggraver son cas en essayant de raconter à
son maître comme quoi un petit garçon avec lequel il
s'était battu, avait été transformé tout à coup en un géant
haut comme une tour. Vous pensez bien que personne

n'allait ajouter foi à une histoire pareille, et le lendemain, quand le fait fut reconnu exact, il était un peu tard pour le garçon boulanger.

Lorsque Robert retrouva les autres, ils étaient au jardin à l'attendre.

La prévoyante Anna avait demandé qu'on leur servît le dîner en plein air, car la salle à manger n'était pas très grande, et pour quelqu'un de la taille de Robert il eût été bien difficile de s'y tenir.

Toute la matinée la température avait été lourde et orageuse. L'Agneau, qui avait dormi tranquillement presque jusqu'à l'heure du dîner, se réveilla en éternuant, et Marthe, craignant qu'il n'eût pris froid décida par prudence de lui faire garder la chambre.

« C'est vraiment bien heureux, dit Cyrille à Robert. Il aurait poussé des cris épouvantables en te voyant dans cet état-là. »

Marthe leur apporta leur dîner dehors. Il y avait du veau froid avec des pommes de terre bouillies et de la salade, et pour le dessert un gâteau de semoule et une compote de prunes.

Elle ne s'aperçut pas, naturellement, de la transformation de Robert, et le servit comme de coutume. On n'a pas idée comme une portion ordinaire vous paraît ridiculement petite quand on est quatre fois plus grand que d'habitude. Robert ne fit qu'une bouchée de tout ce qu'on lui donna et redemanda constamment du pain. Mais Marthe ne voulut pas continuer à lui en donner indéfiniment. Elle était pressée, car elle attendait la visite de sa sœur et de son beau-frère qui avaient promis de venir la prendre pour la mener à la foire, et elle désirait faire un brin de toilette avant leur arrivée.

« Je voudrais bien que nous aussi, nous puissions aller à la foire! dit Robert.

— Tu penses bien que tu ne peux aller nulle part tant que tu seras de cette taille là, dit Cyrille.

— Et pourquoi pas, s'il te plaît? répliqua Robert. Il y a des géants bien plus grands que moi dans les foires. »

Cyrille commençait à répondre qu'il en doutait fort

Une main puissante
déposa le garçon boulanger
au sommet de la meule.

lorsque Jeanne poussa un « Oh! » si perçant que tous se précipitèrent pour lui taper dans le dos en lui demandant si elle avait avalé un noyau de prune.

« Non, dit-elle, tout essoufflée sous cette avalanche de coups. Non, ce n'est pas un noyau..... c'est une idée qui m'est venue. Emmenons donc Robert à la foire et montrons-le pour de l'argent! Comme cela nous finirons enfin

par tirer quelque chose d'utile des dons de cette vieille
Fée des Sables! »

L'idée de Jeanne fut accueillie avec enthousiasme.
Robert seul fit quelques difficultés. Il finit pourtant par
se laisser convaincre lorsque Anna eut proposé qu'il eût
double part de tout l'argent qu'on pourrait gagner.

Il y avait dans la remise une de ces petites voitures,
habituellement traînées par un poney, qu'on appelle un
tonneau ou un dog-cart. Comme il était très important
d'arriver à la foire de bonne heure, il fut convenu que
Robert, dont chaque enjambée en valait au moins quatre
de celles des autres, les traînerait tous dans cette voiture.
Quant à l'Agneau, son rhume l'empêcha d'être de la partie.

C'était pour les enfants une assez curieuse sensation
que d'être traînés ainsi par un géant. Tous jouirent beaucoup de la promenade, excepté Robert..... et les quelques
rares passants qu'ils rencontrèrent en chemin. Ceux-ci, à
la vue de la petite troupe, semblaient frappés de stupeur
et sur le point de tomber en défaillance. Quand on arriva
près du village, Robert s'arrêta. Il alla se cacher dans
une grange pendant que les autres se rendaient à la foire.

Le spectacle était des plus animés. Il y avait des
balançoires, des montagnes russes, des tirs à la carabine
et au pistolet, des chevaux de bois et de ces grandes
roues que l'on fait tourner et où l'on gagne des nonnettes
et des berlingots ou bien encore des objets en porcelaine
aussi hideux que peu pratiques.

Résistant à la tentation de voir s'il aurait de la chance,
Cyrille aborda une femme qui chargeait des carabines
devant une rangée de pipes et de petits bonshommes en
plâtre suspendus à des ficelles.

« Tenez, mon petit monsieur, lui dit-elle en lui tendant
une carabine. Deux sous le coup. Je suis sûre que vous
devez être très adroit.

— Je vous remercie, dit Cyrille, mais nous sommes ici pour affaires et non pour notre plaisir. Où est le propriétaire?

— Le quoi?

— Le directeur, le maître, le patron.

— Le voilà là-bas, répondit la femme en désignant de la main un gros homme en veston de toile qui dormait au soleil. Mais je ne vous conseille pas de le réveiller brusquement. Il n'est pas toujours commode, surtout depuis

Les passants, à sa vue, étaient frappés de stupeur.

les chaleurs. Vous feriez mieux de casser quelques pipes tout en l'attendant.

— C'est que c'est très important, objecta Cyrille. Cela pourrait lui rapporter gros. Je crois que si nous partons, il le regrettera.

— Ah, pas de bêtises alors, dit la femme, du moment qu'il y a de l'argent à gagner, c'est une autre paire de manches. Voyons, qu'est-ce que c'est?

— C'est un géant.

— Pas possible, vous voulez rire.

— Venez avec nous, vous verrez bien, » dit Anna.

La femme les regarda d'un air de doute, puis elle appela une petite fille aux vêtements sales et déchirés et lui confia le « tir ».

« Eh bien, dépêchons-nous, dit-elle en se tournant vers Anna. Mais si c'est une mauvaise plaisanterie, vous feriez mieux de le dire tout de suite. Je ne suis pas méchante, mais je n'aime pas qu'on se moque de moi et, quant à mon homme, il est terrible. »

On prit le chemin qui menait à la grange.

« C'est un vrai géant, dit Anna tout en marchant, un garçon tout jeune mais énorme. Il porte des habits d'écolier comme mon frère, ajouta-t-elle en désignant Cyrille. Nous ne l'avons pas amené directement à la foire parce que les gens s'arrêtaient tout stupéfaits en l'apercevant et qu'ils avaient l'air d'en avoir peur. Nous avons pensé que vous aimeriez peut-être à le montrer pour de l'argent, mais il faudra nous payer, et même assez cher, car nous avons promis au géant qu'il aurait le double de ce que nous pourrions avoir chacun. »

La femme marmotta quelques paroles indistinctes et saisit la main d'Anna comme pour dire : « C'est entendu ». Anna ne put s'empêcher de se demander avec inquiétude ce qu'elle dirait si par hasard Robert avait quitté la grange ou s'il avait retrouvé sa taille habituelle.

Elle se rassura, cependant, par la pensée que les dons de la Fée duraient toujours jusqu'au coucher du soleil et que, d'autre part, il n'était guère probable que Robert

eût l'idée d'aller se promener tout seul tant qu'il conser-
verait sa taille démesurée.

. Quand ils furent arrivés à la grange, Cyrille appela
« Robert ». Il se fit un remue-ménage dans le foin. Une
main et un bras apparurent d'abord, puis un pied et une
jambe.

En voyant le bras la femme s'écria : « Seigneur mon
Dieu! » Puis, quand elle eut aperçu le pied et la jambe :

« C'est-il possible! Jamais je n'aurais cru voir une
chose pareille! »

Enfin, après de lourds efforts, tout l'énorme corps de
Robert se dressa devant les yeux de la femme stupéfaite.
Lorsqu'elle retrouva enfin la parole, elle se lança dans
une longue tirade à laquelle les enfants ne comprirent
pas grand'chose, entrelardant son discours de mots et
d'exclamations qu'ils n'avaient jamais entendus. Quand
elle fut un peu plus calme, elle se servit d'un langage
plus compréhensible.

« Qu'est-ce que vous en demandez? dit-elle d'un ton
surexcité. Faites un prix raisonnable, n'est-ce pas.
Il faudra lui faire faire une baraque tout exprès — du
moins, attendez, j'en connais une d'occasion où on montrait un jeune éléphant qui est mort au printemps. Combien en voulez-vous? Il est un peu simple, n'est-ce pas,
comme presque tous ces géants? C'est égal, jamais je n'ai
rien vu de pareil, non, jamais! Qu'est-ce que vous en
voulez? Voyons, argent comptant. Nous le traiterons
comme un prince. On lui donnera une nourriture de
premier ordre et une couchette digne d'un roi. Ça doit
être un innocent, ou il n'aurait pas besoin de vous
pour faire ses affaires. Allons, qu'est-ce que vous en
demandez? »

« Eh, dites donc, je ne suis pas à vendre! s'écria
Robert d'un ton indigné. Je ne suis pas plus simple d'es-

prit que vous, même beaucoup moins probablement. Je
veux bien me laisser montrer par vous pour la journée,
si vous me donnez.... » Il hésita devant le chiffre énorme
qu'il allait énoncer, si vous me donnez vingt francs.

« Marché conclu! » dit la femme avec un tel empressement que Robert se mordit les doigts de n'avoir pas
demandé le double.

« Maintenant, en route! Allons réveiller Guillaume,
et nous conviendrons d'un prix pour la saison. On peut
dire que vous avez de la chance d'être si bien tombés.
Vous vous ferez avec nous de jolis revenus. Allons,
venez, et tâchez de vous faire aussi petit que possible. »

Mais Robert ne réussit que bien mal à dissimuler sa
taille, aussi la foule se rassembla-t-elle bien vite autour
de lui, et ce fut à la tête d'une véritable procession de
curieux qu'il fit son entrée sur le champ de foire. Guidé
par la femme, il s'arrêta devant la plus grande tente, et
dut se courber en deux pour y entrer pendant qu'elle
allait chercher son Guillaume.

Le gros homme n'eut pas du tout l'air content qu'on
le réveillât : Cyrille, qui guettait par une ouverture de la
tente, l'entendit gronder et le vit brandir son poing. Alors
la femme se mit à parler très vite. Cyrille distingua les
mots géant et fameuse occasion de gagner de l'argent, sur
quoi Guillaume, sans quitter son air maussade, se leva
sans empressement et se dirigea vers la tente d'un pas
lourd. Il entra, et quand il vit les proportions gigantes-
ques de Robert, les bras lui tombèrent. Il ne dit pas
grand'chose. Ma parole! furent les seuls mots que les
enfants comprirent; mais il tira immédiatement de sa
poche les vingt francs, tout en gros sous et en pièces de
cinquante centimes, et les tendit à Robert.

« Ce soir, après la clôture, nous fixerons ce que vous
pourrez gagner régulièrement, dit-il avec bonhomie.

Aussi vrai que je m'appelle Guillaume, vous serez si heureux avec nous que vous n'aurez jamais envie de nous quitter. Savez-vous chanter ou faire quelques tours de société? Quel dommage que nous n'ayons pas un maillot à sa taille, ajouta-t-il en se tournant vers sa femme, mais nous en aurons un avant la fin de la semaine. Jeune homme, votre fortune est faite. Vous pouvez vous vanter d'avoir de la chance d'être tombé sur nous plutôt que sur d'autres. J'ai connu des individus qui battaient leurs géants et qui les laissaient mourir de faim. Mais moi, je suis doux comme un agneau et vous verrez que je vous traiterai bien.

— Je n'ai pas peur que personne me batte! répondit Robert tranquillement. » Bien qu'il dût se tenir accroupi, vu les dimensions de la tente, il fut obligé de s'incliner pour regarder l'agneau en question dans le blanc des yeux. « Mais j'ai une faim de loup. Faites-moi donner quelque chose à manger.

— Dis donc, Rébecca, fit aussitôt le gros Guillaume, va lui chercher quelques provisions, tout ce que tu auras de meilleur, tu m'entends. »

Puis il lui dit quelque chose à l'oreille, non sans que les enfants pussent distinguer les mots « un bon contrat sur papier timbré » et « première chose demain matin ».

La femme partit donc pour chercher la fameuse nourriture de premier choix, et revint tout simplement avec un pain et du fromage. Ce repas fut néanmoins fort apprécié par le gigantesque Robert qui avait l'estomac dans les talons.

L'homme aposta des sentinelles tout autour de la tente pour donner l'alarme au cas où Robert fît mine de se sauver avec ses vingt francs.

« Comme si nous étions des voleurs! » dit Anna d'un

ton indigné, lorsqu'elle eût compris le but de cette manœuvre.

Alors commença, pour les enfants, l'après-midi la plus extraordinaire qu'il soit possible d'imaginer.

Guillaume, il faut le dire, était un homme qui connaissait bien son affaire. En un clin d'œil tous les menus objets qui encombraient la tente furent emportés. Un grand rideau — ou, pour être plus véridique, un vieux tapis rouge et noir sur lequel s'escrimaient tous les soirs des lutteurs ou des acrobates — servit à partager la tente en deux parties. Robert se dissimula derrière le rideau et Guillaume, monté sur une estrade devant la tente, se mit à faire un grand discours. Il était beau parleur. Il commença par raconter que le géant qu'il allait avoir l'honneur de présenter au public était le fils aîné de l'Empereur de San Francisco, obligé, à la suite de querelles de famille, de fuir son pays pour chercher un asile dans la vieille Angleterre, où tout homme est libre, quelles que puissent être les dimensions de son corps.

Après s'être étendu longuement sur la taille vraiment peu banale de son protégé, il ajouta que les vingt premières personnes qui se présenteraient au contrôle auraient le privilège d'être admises moyennant la somme absolument dérisoire de cinquante centimes, dix sous. Mais il fallait se hâter de profiter de l'occasion, car après cela le prix monterait et lui, Guillaume, ne se chargeait pas de leur dire dans quelles proportions.

Le premier à s'avancer fut un jeune paysan, nouvellement marié. C'était pour lui une occasion de faire plaisir à sa jeune compagne et de se montrer généreux. Elle désirait voir le géant? Eh bien, elle le verrait, il n'allait pas regarder à vingt sous pour lui payer cette fantaisie, quand bien même l'entrée des autres baraques n'était que de vingt centimes par personne.

Le jeune couple entra. Un cri perçant de la jeune femme fit frissonner la foule au dehors. Guillaume se frotta les mains.

Quand la jeune paysanne sortit de la tente
elle était pâle et tremblante.

« Fameux! dit-il à Rébecca. Excellente réclame! »
Quand la jeune paysanne sortit de la tente, elle était

pâle et tremblante. La foule grossissante se pressa autour
d'elle.

« Comment est-il, demanda un gros fermier.

— Oh, c'est affreux ! On ne peut pas se figurer ça.
Plus grand qu'une maison et d'un féroce ! Cela m'a toute
retournée. Je n'aurais pas voulu manquer ça pour tout
l'or du monde. »

Ce qui donnait à Robert cet air féroce, c'était l'effort
qu'il était obligé de faire pour comprimer le fou rire dont
il était secoué. Avant le coucher du soleil il eut bien plus
envie de pleurer que de rire, de dormir, surtout, car il
était littéralement accablé de fatigue.

Par deux ou par trois, les gens ne cessèrent d'entrer
toute l'après-midi. Robert dut serrer la main à tous ceux
qui en exprimaient le désir, et se laisser toucher, pincer,
tapoter, afin que les gens pussent s'assurer qu'il était
bien réel et qu'il n'y avait rien de truqué dans ses colos-
sales proportions.

Les autres, assis sur un banc à l'attendre, observaient
ce qui se passait et s'ennuyaient ferme. Il leur parut
que c'était bien la manière la plus dure de gagner de
l'argent qu'on pût imaginer. Et tout cela pour vingt
francs !

Guillaume en avait déjà gagné quatre fois autant, car la
nouvelle de la présence d'un géant à la foire s'était
répandue comme une traînée de poudre. Des gens en
équipage, des commerçants dans des carrioles, des fer-
miers sur leurs petits chevaux trapus, ouvriers et paysans
à pied, tous accouraient de près ou de loin, pour voir
l'intéressant phénomène.

Un monsieur qui portait un binocle, et dont la bouton-
nière était fleurie d'un gros œillet jaune, lui offrit tout
bas deux cent cinquante francs par semaine pour le
montrer à la ville. Robert dut refuser.

« Je ne peux pas, dit-il, à regret. Il ne sert à rien de promettre ce qu'on ne peut pas tenir.

— Ah mon pauvre garçon! Lié par un engagement,

Un monsieur lui offrit tout bas 250 francs par semaine.

sans doute, et pour des années! Enfin, voici toujours ma carte. Quand vous serez libre, venez me trouver.

— Je n'y manquerai pas, si je suis encore de la même taille, dit Robert avec sincérité.

— Oh, si vous avez grandi un peu, il n'y aura pas de mal, au contraire, dit le monsieur. »

Quand il fut parti, Robert appela Cyrille :

« Dis-leur qu'il me faut un peu de repos et que j'aurais bien besoin de goûter. »

On lui donna à goûter et on épingla un papier à l'extérieur de la tente, sur lequel on pouvait lire :

« Fermé pour une demi-heure pendant que le géant prend son goûter. »

Les enfants profitèrent de cet instant de répit pour tenir hâtivement conseil.

« Comment vais-je faire pour m'en aller? dit Robert. Je n'ai fait qu'y penser toute l'après-midi.

— Mais tu n'a qu'à sortir quand le soleil sera couché et que tu auras repris ta taille ordinaire. Qu'est-ce que tu veux qu'ils nous fassent? »

Robert ouvrit de grands yeux.

« Mais ils nous roueront de coups, ils nous tueront quand ils verront que je ne suis plus un géant. Non, non, il s'agit de trouver un autre moyen. Il faut nous arranger à être seuls au moment où le soleil se couchera.

— J'y suis! » s'écria Cyrille joyeusement, et il alla jusque devant la porte où Guillaume fumait sa pipe et causait à voix basse à Rébecca. Cyrille l'entendit dire :

— C'est tout comme si nous avions fait un héritage.

« Dites donc, leur cria-t-il, vous allez de nouveau pouvoir laisser entrer les gens d'ici un instant; il a presque fini de goûter. Mais il faudra absolument le laisser seul au moment du coucher du soleil. Il est très étrange à ce moment de la journée, et si on l'ennuie, je ne réponds pas des conséquences.

— Qu'est-ce qui lui arrive donc? demanda Guillaume.

— Je ne sais pas. C'est... c'est une espèce de changement, dit Cyrille avec candeur. Il n'est plus du tout le même, vous auriez de la peine à le reconnaître, » ce qui était en somme, parfaitement vrai.

— Mais cela lui aura passé pour la représentation du soir, je suppose?

— Oh oui. Une demi-heure après le coucher du soleil, il sera complètement remis.

— Il vaut mieux ne pas le contrarier, dit la femme. »

Environ une demi-heure avant le coucher du soleil, la tente fut de nouveau fermée, et devant la porte se balançait au vent l'écriteau ci-après.

« Pour permettre au géant de prendre son souper. »

La foule s'amusait fort des repas si rapprochés de Robert.

« Le fait est qu'il a bon appétit, avouait Guillaume, mais vous comprenez qu'avec sa taille il a besoin de bien manger. »

A l'intérieur de la tente les quatre enfants combinaient leur plan de retraite.

« Vous autres, dit Cyrille à ses sœurs, vous allez partir en avant, et rentrer à la maison aussi vite que vous pourrez. Ne vous préoccupez pas de la voiture, nous y songerons demain. Robert et moi, nous sommes habillés de même, cela facilitera les choses. Nous savons courir, nous autres, mais vous ne le pourriez pas. Non, non, Jeanne c'est inutile, vous ne feriez que nous gêner, comme vous l'avez fait ce matin. Si vous ne vous étiez pas pendues après nous, tout cela ne serait pas arrivé.

Jeanne et Anna se laissèrent convaincre.

« Nous rentrons chez nous, dirent-elles en passant à Guillaume. Nous vous laissons le géant, soyez bon avec lui. »

Quand elles furent parties, Cyrille alla trouver Guillaume.

« Écoutez, lui dit-il, voilà qu'il demande quelques épis

pour son dessert. En venant j'ai vu un champ de blé tout
près d'ici. Je vais y courir et lui rapporter ce qu'il désire.
Mais d'abord il vous fait demander si vous ne pourriez
pas relever un peu la tente par derrière. Cela manque
d'air là-dedans, il étouffe. Personne ne le verra, je le
couvrirai d'une bâche et il fera un somme pendant que
j'irai chercher le blé. Il veut absolument en avoir, et
quand il lui prend comme cela une fantaisie, il ne veut
rien entendre. Il serait capable de tout briser si on le
contrariait.

On installa donc le géant sur une couchette imprivoisée
à la hâte avec un tas de vieux sacs. Le rideau fut relevé
et les frères, restés en tête à tête purent mûrir leurs
plans.

Au dehors la musique bruyante des chevaux de bois se
mêlait aux fanfares des baraques voisines et aux cris
discordants des pitres, des saltimbanques et des faiseurs
de boniments.

Une demi-minute après le coucher du soleil, un jeune
garçon en costume d'écolier sortait de la tente et disait
à Guillaume :

« Je vais chercher le blé, à présent; il dort tranquillement. » Et il se mêla rapidement à la foule.

Au même instant un autre garçon, vêtu de la même
façon, sortait de la tente par derrière et passait auprès
de Rébecca, postée là en sentinelle.

« Je vais chercher le blé, lui dit-il en passant, et lui
aussi se perdit aussitôt dans la foule.

Quand les deux frères se furent retrouvés à l'endroit
convenu, ils prirent les jambes à leur cou. Ils arrivèrent
à la maison en même temps que leurs sœurs, car ils
avaient couru presque tout le long du chemin.

C'était vraiment très loin et ils s'en aperçurent encore
davantage le lendemain, lorsqu'il leur fallut revenir cher-

cher la petite voiture et la traîner jusque chez eux sans le secours d'un géant.

Il m'est impossible de vous raconter ce que dirent Guillaume et Rébecca lorsqu'ils s'aperçurent de leur fuite, pour la bonne raison que je l'ignore moi-même. Ce qui est certain c'est qu'ils auraient eu tort de par trop en vouloir à l'ex-géant, car ils avaient fait, grâce à lui, une excellente recette.

LE GRAND FRÈRE

CYRILLE s'était dit plus d'une fois qu'il se présentait souvent dans la vie journalière des occasions où il serait bien commode de pouvoir formuler un souhait avec la certitude qu'il s'accomplirait instantanément.

Plein de cette idée, Cyrille s'habilla tout doucement, le surlendemain, pour ne pas réveiller les autres. Il sortit à pas de loup et gagna la sablonnière. Creusant le sable avec beaucoup de douceur et de précaution il eut bientôt découvert la Fée des Sables.

Il entama la conversation en lui demandant si elle se ressentait encore de l'impression désagréable que lui avait causée son brusque réveil de la dernière fois. La Fée était tout à fait de bonne humeur. Elle répondit avec la plus grande amabilité et lui demanda ce qu'elle pouvait faire pour lui.

« Je suppose bien, dit-elle, que si vous êtes venu me réveiller de si bon matin, c'est pour me demander quelque chose pour vous personnellement. Tâchez seulement de demander une chose qui vous soit vraiment profitable. Que diriez-vous, par exemple, d'un bon mégathérium bien gras?

— Je vous remercie beaucoup, répondit Cyrille prudemment, mais pour aujourd'hui j'avais pensé à autre chose. Vous savez bien comme on a souvent envie d'une chose quand on est en train de jouer?

— Il ne m'arrive guère de jouer, dit la Fée des Sables, froidement.

— Enfin, vous comprenez bien ce que je veux dire, fit Cyrille avec une certaine impatience. Ce que je voulais vous demander, c'était de faire en sorte que nous puissions formuler notre souhait à n'importe quel moment de la journée et partout où nous pourrions nous trouver. Comme cela, nous n'aurions pas besoin de venir vous déranger chaque fois.

— Ce que je vois de plus clair, c'est que vous n'arriverez jamais à faire un souhait raisonnable. Mais les gens n'en font pas d'autres depuis qu'ils ont cessé de manger une nourriture simple et naturelle. Ils n'ont pas plus de bon sens que des huîtres. Enfin, qu'il soit fait selon vos désirs. Au revoir !

— Au revoir, » répondit Cyrille poliment, et il s'en alla.

En arrivant à la maison, il trouva les autres en train de s'habiller. Il n'eut pas trop de mal à les persuader qu'il avait agi pour le mieux. On convint de ne formuler aucun souhait avant d'avoir vraiment envie de quelque chose.

En attendant il leur parut agréable de se rendre au bois cueillir des noisettes. Cyrille prit l'Agneau sur son dos et on se mit en route. Il faisait très chaud et à peine arrivés tous les cinq s'assirent sur la mousse à l'ombre d'un châtaignier. L'Agneau se roulait à terre avec des cris joyeux, pendant que ses aînés se reposaient de leur course au soleil.

« Non, ce qu'il pousse, tout de même, dit Anna, c'est extraordinaire !... Pas, mon trésor?

— Moi pousse, dit l'Agneau tout fier. Moi bientôt grand, aurai des fusils, des dadas, des... Il s'interrompit; son imagination ou les mots lui faisant défaut. C'était d'ailleurs le discours le plus long qu'il eût jamais prononcé. Pour cacher son embarras, il vint se rouler sur les genoux de Cyrille.

— Il finira bien par être un grand garçon un de ces jours, reprit Anna, en fixant des yeux rêveurs sur un

Cyrille entama la conversation avec la fée des Sables.

coin de ciel bleu qu'on apercevait entre les branches du châtaigner.

— Ce ne sera pas trop tôt, fit Jeanne. Ce n'est pas commode d'avoir toujours à le porter quand on veut aller quelque part. Mais qu'est-ce qu'il fait donc? »

L'Agneau, sagement assis par terre, était très occupé à creuser un trou. Il avait réussi, sans que personne s'en aperçut, à extraire la montre de Cyrille de la poche de son gilet. Ayant par hasard touché au ressort, la montre s'était ouverte, et l'Agneau se servait de la cuvette en argent comme d'une petite pelle !

« C'est du joli ! dit Cyrille, rageusement, en lui prenant la montre des mains. Il y met le temps à devenir raisonnable : Je voudrais bien... qu'il fût déjà grand.

— Prends garde! s'écria Jeanne toute tremblante d'émotion. Mais il était trop tard. Pendant qu'elle disait : Prends garde, Cyrille achevait sa phrase. »

Fidèle à sa promesse, la Fée des Sables réalisa instantanément le souhait formulé. L'Agneau se métamorphosait à vue d'œil sous les yeux stupéfaits de ses frères et de ses sœurs. Non pas que la transformation s'opérât aussi rapidement que pour les souhaits précédents. La figure seule changea tout d'abord. Elle s'allongea tout en se développant. Les yeux se creusèrent et devinrent plus foncés, la bouche se fit plus grande et plus mince. Enfin, ce qui faisait le plus mal à voir c'est qu'il poussait une petite moustache noire sur la lèvre supérieure de l'Agneau qui, à part la tête, était resté un petit bébé de deux ans en robe de toile et en petites chaussettes blanches.

« Oh, je ne veux pas, je ne veux pas, dit Anna... Souhaitez-le donc aussi, vous autres. »

Ils se mirent à souhaiter de toutes leurs forces que le bébé redevînt ce qu'il était auparavant, car il y avait vraiment de quoi faire peur au moins impressionnable.

Les quatre enfants y mettaient tant d'ardeur qu'ils finirent par avoir le vertige et qu'un instant ils perdirent le sentiment des choses. Quand tout eut cessé de tourner autour d'eux, leurs regards s'arrêtèrent sur un jeune homme très distingué en complet de flanelle grise et un canotier de paille blanche orné d'un ruban de couleur. Il portait la même petite moustache noire qu'ils venaient de voir pousser sur la lèvre de leur petit frère quelques instants auparavant. Il n'y avait pas à en douter, c'était l'Agneau en personne, subitement devenu grand! Ce fut un moment terrible.

L'Agneau transformé en jeune homme s'avança d'un pas ferme vers le châtaigner, au tronc duquel il alla s'adosser. Il tira son chapeau sur ses yeux. Il était visible qu'il tombait de sommeil. L'agneau — le vrai, le petit Agneau chéri si câlin et si espiègle — s'endormait souvent ainsi à l'improviste dans les endroits les

L'agneau se servait de la cuvette en argent comme d'une pelle.

moins propices. Ce nouvel Agneau, habillé en jeune homme élégant, allait-il agir comme l'autre, ou bien son esprit s'était-il transformé en même temps que son corps?

Voilà la question que se posaient avec inquiétude les quatre enfants, assis à quelques mètres du dormeur, au milieu des genêts jaunissants.

« De toutes les façons cela va être quelque chose de

terrible, dit Anna. Si son esprit est devenu comme celui
d'une grande personne il ne voudra jamais qu'on prenne
soin de lui. Si, au contraire, il est resté comme il était, il
va nous donner bien du mal! Il va bientôt être l'heure de
dîner...

— Et nous n'avons pas encore cueilli de noisettes, dit
Jeanne.

— Ah, tant pis pour les noisettes, fit Robert, mais pour
le dîner, c'est autre chose. J'ai encore faim d'avant-hier
quand j'étais un géant. Ne pourrions-nous pas l'attacher
à l'arbre, rentrer vite à la maison pour dîner et revenir
ensuite?

— Avec ça qu'on nous donnerait à dîner si nous ren-
trions sans l'Agneau! dit Cyrille en haussant les épaules
avec impatience. Et si nous l'emmenons avec nous dans
cet état-là ce sera encore la même chose. Oh, je sais
bien que c'est à moi la faute! Pas besoin de me le
répéter. Je suis un imbécile, et je n'en fais jamais d'autres! C'est entendu, et ce n'est plus la peine d'en parler.
La question est de savoir ce que nous allons faire?

— Réveillons-le et emmenons-le à Rochester. Nous
pourrons aller manger quelque chose chez le patissier,
dit Robert, d'un ton où reparaissait un peu d'espoir.

— L'emmener! répéta Cyrille ironiquement. C'est
facile à dire! Nous verrons un peu tout à l'heure s'il se
laissera faire. Il a toujours été enfant gâté et maintenant
que c'est un homme il n'en fera qu'à sa tête, je vous en
réponds. Il ne sera pas commode, allez. Cela se voit bien,
d'ailleurs. Il n'y a qu'à regarder cette bouche.

— Eh bien, dit Robert, réveillons-le et voyons ce qu'il
aura envie de faire. Ce qu'il y a de certain, c'est que nous
ne pouvons pas nous passer de dîner. »

Ils cueillirent quatre brins de genêt et tirèrent à la

courte paille. Ce fut à Jeanne qu'échut la tâche de réveiller l'Agneau.

Elle s'y prit avec la plus grande précaution, lui chatouillant doucement le nez avec une branche de chèvrefeuille. L'Agneau dit par deux fois « au diable les mouches! » Puis il ouvrit les yeux.

« Tiens, les moutards, vous êtes encore là? fit-il d'un ton protecteur. Quelle heure peut-il bien être? Vous allez être en retard pour votre dîner?

— Nous le savons que trop! dit Robert avec dépit.

— Dépêchez-vous de rentrer, alors, dit l'Agneau.

— Et toi, comment vas-tu faire pour dîner? demanda Jeanne.

Jeanne chatouilla doucement le nez de l'agneau.

— Oh, je ne sais pas. Est-ce loin d'ici la gare? j'ai presque envie de faire un saut jusqu'à Londres et d'aller déjeuner à mon cercle. »

Du coup, les quatre enfants furent atterrés. L'Agneau...

seul... sans personne pour prendre soin de lui... voulait aller à Londres et déjeuner au cercle! Qui sait? Il y resterait peut-être pour souper! Qu'on se figure la scène au coucher du soleil. Blotti dans les profondeurs d'un grand fauteuil, un pauvre petit bébé grognon, fatigué et tombant de sommeil, se trouverait tout seul au milieu de visages inconnus et appellerait en pleurant sa Marthe ou sa Nanette! Rien qu'à cette idée, Anna sentit les larmes lui monter aux yeux.

« Oh non, mon petit chéri, il ne faut pas faire ça, mon trésor! s'écria-t-elle imprudemment. »

L'Agneau fronça les sourcils.

« Ma chère Anna, fit-il, combien de fois faut-il te répéter que je m'appelle Jacques-François-Hilaire et que vous êtes tous libres de choisir parmi ces prénoms celui qui vous plaira le mieux, mais que je vous prie de me faire grâce de ces termes ridicules qui convenaient, tout au plus, du temps où j'étais un petit bébé. »

Ça, c'était le comble! N'allait-il pas faire le frère aîné, à présent!... Et, après tout, pourquoi pas puisqu'il était le plus grand?

« Mon cher Hilaire, dit Anna, pendant que les autres cherchaient à réprimer le fou rire que leur occasionnait ce nom prétentieux ; tu sais bien que papa n'aimerait pas que tu ailles à Londres aujourd'hui et que nous restions tous seuls ici sans t'avoir pour prendre soin de nous!... Suis-je assez hypocrite! ajouta-t-elle tout bas.

— Dis donc, appuya Cyrille, puisque tu es notre grand frère, tu devrais bien nous mener jusqu'à Rochester et nous payer un bon dîner, puis nous faire faire un tour sur la rivière.

— Vous êtes bien aimables, vraiment! fit l'Agneau avec une politesse exagérée. Mais je vous avoue que j'aimerais autant être seul. Rentrez vite déjeuner... ou

plutôt dîner. Peut-être que je reviendrai un instant à
l'heure du goûter, à moins que je ne sois retenu, par
exemple; et que vous ne soyez tous couchés depuis longtemps à l'heure où je rentrerai. »

Tous couchés! Ah oui, parlons-en! Les quatre enfants

Robert trouva une superbe bicyclette sur la route.

échangèrent des regards désespérés. Joli coucher sans
l'Agneau!

« Nous avons promis à maman de ne pas te perdre de
vue un seul instant si elle nous permettait de t'emmener,
dit Jeanne avant que les autres pussent l'arrêter.

— Tu sais, Jeanne, dit l'Agneau en mettant les mains
dans ses poches et en la regardant du haut de sa gran-
deur; les petites filles comme toi font bien mieux
d'attendre, pour parler, qu'on les interroge. C'est étonnant ce qu'il y a peu d'enfants qui sachent se tenir à leur
place. Allons, courez vite à la maison. Si vous êtes bien

sages, je vous donnerai peut-être deux sous à chacun quand je reviendrai.

— Dis donc, mon vieux, fit Cyrille en s'efforçant de prendre le ton d'un homme parlant à un autre homme, où comptes-tu aller? Tu pourrais bien nous laisser venir avec toi, Robert et moi, même si tu ne te soucies pas d'emmener les petites. »

Ce qui était très bien de la part de Cyrille. Il n'avait jamais beaucoup aimé à se montrer en public avec l'Agneau et celui-ci, naturellement, redeviendrait bébé au coucher du soleil.

« Je vais faire un tour jusqu'à Rochester sur ma bicyclette, répondit l'Agneau, d'un ton dégagé, tout en frisant sa fine moustache noire. Je déjeunerai à l'Hôtel de la Couronne et peut-être, en effet, irai-je faire une partie de canot sur la rivière... Mais je ne peux pas vous emmener tous sur ma bicyclette, n'est-ce pas? Voyons, soyez de bons petits enfants bien sages, et rentrez vite à la maison. »

La situation devenait vraiment critique. Robert et Cyrille ne savaient plus que dire. Dans un instant il serait trop tard. Vite Anna détacha l'épingle de sûreté qui fixait sa ceinture à son corsage, et la tendit furtivement à Robert avec un geste expressif. Ce dernier s'éloigna sans rien dire et gagna la route, où il trouva une superbe bicyclette.

Il comprit sans peine que l'Agneau, étant devenu grand, ne pouvait manquer d'avoir une bicyclette. C'était une des raisons principales pour lesquelles lui, Robert, soupirait depuis si longtemps après le moment où il serait grand. Il ne perdit pas un instant pour se servir de l'épingle. Il fit onze piqûres au pneu arrière, et sept au pneu d'avant. Il serait bien allé jusqu'à vingt deux si le bruissement des feuilles de noisetiers ne l'avait averti

que les autres arrivaient. Appuyant promptement une
main sur chaque roue, il eut la satisfaction d'entendre
ce qui restait d'air s'échapper en sifflant par les dix-huit
petits trous.

On dirait que tes pneus sont dégonflés, dit Robert.

« On dirait que tes pneus sont dégonflés, dit Robert.
— Tiens, c'est vrai, dit Cyrille.
— Ils sont crevés, dit Anna en faisant semblant de
ramasser sur la route une grosse épine dont elle avait eu
soin de se munir. Vois donc. »

L'Agneau, ou plutôt Hilaire, comme il convient sans doute de l'appeler dorénavant, assujettit sa pompe et essaya de gonfler ses pneus. Il comprit bientôt qu'il avait en effet un pneu crevé.

« Il doit bien y avoir une ferme par ici, dit-il, où l'on puisse se procurer de l'eau? »

On trouva la ferme et l'on plongea les pneus à demi gonflés dans un baquet plein d'eau. Alors tous purent compter les trous, et ils furent bien contents de manger le déjeuner improvisé que se hâta de leur offrir la fermière.

On paya ce repas sur l'argent gagné par Robert à la foire, car l'Agneau n'avait malheureusement pas d'argent sur lui, ce qui fut pour les enfants une grosse déception. Néanmoins ils avaient tous mangé à leur faim, même Robert, et c'était bien quelque chose.

Pendant que le flambant Hilaire travaillait à réparer ses pneus, les autres, avec un doux entêtement, s'efforçaient à tour de rôle de le persuader qu'il vaudrait bien mieux passer le reste de la journée dans les bois. Il finit par boucher les dix-huit trous, et se releva avec un soupir de satisfaction; mais l'après-midi était déjà avancée.

A ce moment, une jeune fille parut au tournant de la route. Hilaire arrangea sa cravate, épousseta de son mieux les genoux de son pantalon et dit :

« Voici une dame qui approche. Sauvez-vous vite, je vous en prie, et rentrez à la maison. Je ne tiens pas à ce qu'on me voie avec une troupe d'enfants plus ou moins propres. »

L'observation était méritée, et sa voix avait un tel accent d'autorité que les quatre enfants se reculèrent jusque dans le fond du jardin pendant qu'Hilaire s'avançait à la rencontre de la jeune fille qui arrivait, conduisant une bicyclette à la main. Il leva son chapeau lorsqu'elle passa devant lui. Les enfants, blottis derrière une cabane à lapins, écoutaient de toutes leurs oreilles.

Ils ne distinguèrent pas ce que disait la jeune fille, mais ils entendirent parfaitement lorsque l'Agneau, d'une voix douce, dit très poliment.

« Un pneu crevé? Puis-je vous être utile?... Si vous vouliez me permettre....? »

Il y eut, derrière la cabane, une explosion de rires étouffés. Hilaire se retourna pour lancer de ce côté-là un regard furieux.

« Vous êtes trop aimable, répondit la jeune fille d'un ton gracieux.

— On aurait cru, chuchotta Cyrille, qu'il en avait assez pour aujourd'hui de raccommoder des bicyclettes! Si cette dame savait qu'il n'est en réalité qu'un tout petit mioche et des plus gâtés, encore! »

Pendant ce temps, l'Agneau examinait la bicyclette de la jeune fille et causait avec elle ni plus ni moins que s'il avait été une vraie grande personne. Jamais on n'aurait cru, à le voir et à l'entendre, que, le matin même, il n'était qu'un gros bébé joufflu, à peine âgé de deux ans, et qui s'amusait à détraquer la montre de son frère.

Quand Hilaire eut achevé de réparer la bicyclette, il tira de sa poche une montre en or qu'il consulta du regard. Les enfants ne purent s'empêcher de pousser un oh! indigné. Il leur semblait tout ce qu'il y a de plus injuste que celui qui, tout à l'heure encore, prenait un malin plaisir à détruire les affaires des autres fût maintenant en possession d'une belle montre en or, avec une chaîne et des breloques.

Hilaire lança un regard foudroyant à ses frères et à ses sœurs, puis, se tournant vers la jeune fille, avec laquelle il paraissait causer tout à fait amicalement, il lui dit :

« Si vous voulez bien me le permettre, je vais vous accompagner jusqu'au carrefour. Il commence à se faire tard et il y a quelquefois des vagabonds qui rôdent par ici. »

On ne saura jamais ce qu'aurait été la réponse de la jeune fille à cette offre aimable. Aussitôt qu'Anna eût entendu son frère proposer de l'accompagner, elle s'élança en avant, faisant rouler la cage à lapins dans une mare d'eau bourbeuse, et saisit l'Agneau par le bras. Les autres la suivirent et en un clin d'œil les quatre enfants se trouvèrent réunis auprès d'Hilaire et de sa compagne.

« Ne le laissez pas aller avec vous! dit Anna à la jeune fille d'un ton angoissé, il n'est capable d'accompagner personne.

— Veux-tu bien t'en aller, petite sotte! dit Hilaire d'une voix terrible. Rentre tout de suite à la maison.

— Vous auriez bien tort de l'écouter, reprit Anna doucement. Il ne sait pas qui il est. Je vous assure qu'il n'est pas du tout ce que vous croyez.

— Je ne comprends pas du tout ce que vous voulez dire, répondit la jeune fille, assez naturellement, tandis que l'Agneau essayait vainement de repousser Anna, qui tenait bon et qui reprit bientôt :

— Si vous le laissiez aller avec vous, vous verriez bien vite ce que je veux dire. Que penseriez-vous si vous trouviez tout à coup à vos côtés un pauvre petit bébé tout en larmes, perché sur une bicyclette qu'il serait tout à fait incapable de diriger, et cela peut-être au moment où vous descendriez une côte rapide? »

La jeune fille pâlit.

« Quels sont ces enfants si malpropres? demanda-t-elle à Hilaire.

— Je n'en sais rien, dit-il piteusement.

— Oh, mon chéri, comment peux-tu dire une chose
pareille!, s'écria Jeanne. Tu sais parfaitement bien que
tu es notre petit Agneau. C'est notre petit frère, expliqua-
t-elle en se tournant vers la jeune fille, qui d'une main
mal affermie dirigeait maintenant sa bicyclette vers la
porte du jardin. Nous sommes chargés de le garder et il

« Ne le laissez pas partir », dit Anna.

faut que nous le ramenions à la maison avant le coucher
du soleil, autrement je ne sais pas ce que nous devien-
drons. Il faut vous dire qu'il est en ce moment sous une
espèce de sort... d'enchantement, vous savez... »

A plusieurs reprises Hilaire avait essayé de mettre un
frein à l'éloquence de Jeanne, mais Cyrille et Robert
l'avaient attrapé chacun par une jambe, ce qui n'était pas
pour faciliter sa tâche.

La jeune fille profita de son embarras pour s'éloigner

au plus vite. Rentrée chez elle, elle stupéfia sa famille en leur raccontant au dîner comment elle avait échappé à toute une bande de fous dangereux.

« Les yeux de la petite fille, dit-elle, étaient absolument ceux d'une folle. Je ne comprends pas qu'on la laisse en liberté! »

Quand la bicyclette eut disparu Cyrille s'adressa gravement à son frère.

« Hilaire, mon ami, lui dit-il, tu as dû avoir un coup de soleil. Si tu savais les choses que tu as dites à cette dame. Si nous te les répétions quand tu seras redevenu toi-même — demain matin, par exemple — non seulement tu ne le croirais pas, mais tu ne pourrais même pas les comprendre. Tu peux t'en rapporter à moi. Rentrons à la maison, et si demain matin tu n'es pas tout à fait remis, on fera chercher le docteur. »

Malgré sa haute taille, le pauvre Hilaire paraissait trop ahuri pour résister davantage.

« Il me semble que vous êtes tous plus fous les uns que les autres, dit-il amèrement. Je suppose que ce que j'ai de mieux à faire, c'est de vous ramener à la maison. Mais n'allez pas croire que cela finira ainsi. Demain matin j'aurai quelque chose à dire à chacun de vous.

— Oui, oui, rentrons vite à la maison, dit Anna. Demain matin tu diras tout ce que tu voudras.... si tu en es capable, » ajouta-t-elle à demi-voix.

Ils se mirent en route silencieusement. Robert avait de nouveau fait usage de l'épingle et cette fois l'Agneau, qui en avait assez de réparer des pneus, se contenta de pousser sa bicyclette.

Le soleil était sur le point de se coucher lorsqu'ils arrivèrent à la maison Blanche. Les enfants auraient bien voulu flâner un peu sur la pelouse pour donner le temps

à leur grand frère de redevenir le cher petit tyran,
l'Agneau qu'ils aimaient tant. Mais Hilaire, dans sa
sagesse de grande personne, insista pour qu'on rentrât

« Viens avec ta Marthe, viens, mon doux trésor! »

directement et c'est ainsi qu'il rencontra Marthe dans le
jardin.

Naturellement celle-ci ne s'aperçut de rien d'extraordinaire. Elle vit simplement les quatre enfants qui ren-

traient avec l'Agneau trottinant à côté d'Anna sur ses bonnes petites jambes potelées. Comme elle avait été inquiète toute la journée à son sujet, elle se précipita vers lui et le prit dans ses bras en disant :

« Viens avec ta Marthe, viens mon doux trésor ! »

Hilaire se débattit furieusement. Une expression de stupeur mêlée d'indignation se peignit sur son visage. Mais Marthe était plus forte que lui. Elle l'enleva de terre et l'emporta dans ses bras vers la maison.

Aucun des enfants n'oublia jamais ce spectacle vraiment unique. Un grand jeune homme élégant, en complet de tennis et portant une petite moustache noire, se débattait dans les bras de la robuste Marthe, qui tout en l'emportant lui disait d'être bien sage et lui promettait sa bouillie aussitôt rentré !

Le soleil s'était heureusement couché lorsqu'on atteignit le seuil de la porte. La bicyclette avait disparu, et cette fois Marthe tenait bien dans ses bras le cher petit Agneau, tombant de faim et de sommeil et balbutiant de sa voix douce :

« Aime Nanette, moi. Veux venir avec Nanette. »

Le grand Hilaire avait disparu pour toujours.

VIII

L A journée du lendemain eût sans doute été beaucoup plus agréable si en se réveillant Cyrille ne s'était pas mis à lire dans son lit *Le Dernier des Mohicans*. Il avait encore l'esprit tout surexcité par cette histoire lorsqu'il se mit à table pour le premier déjeuner. Tout en buvant sa tasse de chocolat, il dit d'un ton rêveur :

« Je voudrais bien qu'il y eût des Peaux-Rouges ici en Angleterre — pas des grands, bien entendu — mais des petits, des enfants à peu près de notre âge et de notre taille, avec lesquels nous pourrions nous battre. »

Personne ne partageant son désir sur le moment, aucun des enfants ne répondit, ni ne songea à attacher la moindre importance à cet incident.

On descendit jusqu'à la sablonnière pour demander à la Fée deux mille francs, en pièces de cinquante centimes, afin d'éviter tout désagrément. Ils pensaient que c'était là un souhait raisonnable, qui ne pouvait manquer, pour une fois, de bien tourner.

Mais ils s'aperçurent bientôt qu'ils s'étaient de nouveau laissés attraper. La Fée était de très mauvaise humeur et tout endormie. Elle leur dit :

« Ah ça, vous autres, ne venez pas m'ennuyer. Vous avez déjà eu votre souhait, aujourd'hui.

— Je l'ignorais, dit Cyrille.

— Vous avez donc oublié ce que vous m'avez demandé hier? répliqua la Fée des Sables d'un ton encore plus maussade. Vous m'avez priée d'accomplir votre souhait quel que soit l'endroit où vous vous trouveriez. Ce matin vous en avez exprimé un et il vous a été accordé.

— Vraiment, fit Robert. Quel souhait avons-nous donc formulé?

— Ainsi vous l'avez oublié? dit la Fée, commençant à s'enfoncer dans le sable. Enfin, peu importe. Vous le saurez toujours assez tôt et je vous souhaite bien de l'agrément. Ah, vous vous êtes préparé une belle journée! »

— D'une manière ou d'une autre, c'est toujours comme cela, dit Jeanne tristement. »

Chose curieuse, ils eurent beau se creuser la tête, aucun des enfants ne put se rappeler avoir souhaité quelque chose ce jour-là. Ils étaient dévorés d'inquiétude et s'attendaient à chaque instant à voir survenir quelque terrible malheur.

Il était presque midi lorsque Jeanne buta contre un livre qui traînait à terre. C'était *Le Dernier des Mohicans*. Anna se baissa pour ramasser le volume et s'écria subitement :

« Oh, je sais maintenant! C'est Cyrille!... à déjeuner... tu ne te rappelle pas? C'est terrible!... Il a dit : Je voudrais qu'il y eût des Peaux-Rouges en Angleterre! Et maintenant je suis sûr qu'il y en a, en effet, et qu'ils sont en train de scalper les gens à droite et à gauche dans tout le pays! et elle se laissa choir lentement sur le tapis.

— Peut-être qu'il y en a seulement dans le nord, où il

fait froid comme au Canada, dit Jeanne d'un ton rassurant.

— Ne va pas t'imaginer cela ! répondit Anna. La Fée
nous a bien dit que nous nous étions préparé une belle
journée. Cela signifie qu'ils viendront ici. Oh mon Dieu,
s'ils allaient scalper l'A-
gneau !

— On ne s'en aperce-
vrait peut-être plus après
le coucher du soleil,
fit Jeanne qui décidé-
ment voyait toujours
les choses en beau.

— Ne compte
pas là-dessus,
dit Anna. Les
choses qui ré-
sultent des sou-
haits ne dispa-
raissent pas tou-
jours. Regarde

Anna brisa la tirelire.

pour les vingt francs que Robert a gagnés à la foire.
Non, Jeanne, il faut trouver autre chose. Les Peaux-
Rouges viendront sûrement ici. Écoute, il faut me
donner tout l'argent que tu possèdes. Tu devines mon
plan? »

Jeanne ne devinait rien du tout, mais elle obéit docilement à sa sœur. A elles deux les fillettes possédaient
tout juste quatre francs.

Alors Anna, montant dans la chambre de sa mère, brisa avec le pique-feu la tirelire dans laquelle on mettait l'argent pour l'OEuvre des Missions. Elle contenait sept francs quatre-vingts. Jeanne dit bien que c'était très mal, mais Anna, les lèvres serrées, lui répondit :

« Je te dis que c'est une question de vie ou de mort! »

Elle noua l'argent dans un coin de son mouchoir. Puis, toujours avec le pique-feu, elle brisa le grand pot à eau sur lequel étaient peintes deux cigognes attrapant des grenouilles jaunâtres au milieu de longues herbes vertes.

« Viens, Jeanne, » fit-elle ensuite, et elle emmena sa sœur en courant jusqu'à la ferme.

Elle savait que le fermier devait aller à Rochester dans l'après-midi. Il avait même été convenu qu'il emmènerait les quatre enfants avec lui moyennant un paiement de deux francs par tête. On comptait naturellement le payer sur les deux mille francs qu'on devait avoir de la Fée.

En deux mots, Anna expliqua au fermier qu'ils ne pouvaient aller avec lui et lui demanda s'il voudrait emmener Marthe et le bébé. Le fermier consentit, mais il n'était pas trop content, car cela ne lui faisait plus que quatre francs au lieu de huit.

Les fillettes rentrèrent à la maison en courant. Anna, malgré son émotion, suivait son idée sans négliger aucune précaution. Plus tard, en repassant dans son esprit les détails de cette mémorable journée, elle se dit qu'elle aurait fait un bon général. Elle alla trouver Marthe qui mettait le couvert et qui n'était pas de très bonne humeur.

« Dites, Marthe, fit-elle, j'ai cassé le pot à eau dans la chambre de maman.

— Ça vous ressemble bien, dit Marthe en posant bruyamment une salière sur la table. Vous n'en faites jamais d'autres!

— Ne soyez pas fâchée, ma bonne Marthe, dit Anna.
J'ai assez d'argent pour le remplacer si vous voulez seulement avoir l'obligeance d'aller en acheter un autre à
Rochester. Vos cousins ont un magasin de vaisselle, n'est-
ce pas? J'aimerais bien que vous puissiez aller l'acheter
aujourd'hui même, au cas où maman reviendrait demain.
Vous savez qu'elle a écrit que c'était possible.

— Mais je croyais que vous y alliez tous avec le
fermier.

— Nous ne pouvons pas faire cette dépense du
moment qu'il faut acheter un pot à eau. Mais nous
paierons votre place et celle de l'Agneau. Et puis si vous
voulez bien y aller, je vous donnerai ma jolie boîte pour
mettre du papier à lettres. Vous savez bien, celle qui est
tout incrustée d'ivoire et d'argent.

— Nenni, dit Marthe en posant le pain si violemment
qu'il faillit sauter hors de la corbeille. Je ne veux pas de
votre boîte. Mais je comprends bien votre idée. Vous
voulez vous débarrasser de l'Agneau pour toute l'après-
midi. Ne vous figurez pas que je ne devine pas vos pensées!

— Je voudrais tant remplacer le pot à eau! fit Anna
d'une voix câline. Vous irez, n'est-ce pas, ma petite
Marthe. Je vous en supplie.

— Bien, bien, pour cette fois j'y consens. Mais faites
bien attention de ne pas recommencer quelques-unes de
vos grosses sottises, pendant que je n'y serai pas, — c'est
tout ce que je vous demande.

— Le fermier part plus tôt qu'il ne l'avait pensé, dit
alors Anna vivement. Vous ferez bien d'aller vite vous
habiller. Mettez donc votre jolie robe violette, Marthe,
et puis le chapeau avec les fleurs roses. Jeanne finira de
mettre le couvert et moi j'habillerai l'Agneau. »

Tout en débarbouillant le bébé et en lui passant à la
hâte ses plus beaux habits, Anna regardait de temps à

autre par la fenêtre. Jusqu'à présent tout allait bien, elle n'aperçut aucun Peau-Rouge.

Lorsque Marthe, installée dans la voiture du fermier avec l'Agneau dans ses bras, eut disparu à l'horizon, Anna poussa un grand soupir de soulagement.

« Il est sauvé ! » s'écria-t-elle et, à la grande stupéfaction de Jeanne elle éclata en sanglots.

Elle avait réussi à conserver jusque-là son empire sur elle-même et toutes ses dispositions avaient été prises avec le sang froid d'un vieux général. Mais maintenant que son Agneau chéri était à l'abri du danger, car la voiture ne devait pas rentrer avant la nuit, elle pouvait bien se permettre de pleurer un peu, pendant que Jeanne lui disait d'un ton caressant :

« Ne pleure pas ma chérie, ne pleure donc pas ! »

Bientôt Élise sonna la cloche pour le dîner. Anna, se relevant alors, s'essuya si fort les yeux avec le coin de son tablier qu'ils en restèrent rouges pendant toute la journée. Puis elles allèrent rejoindre les garçons à table. Anna aurait bien voulu raconter tout de suite à ses frères ce qu'elle avait fait, mais il fallut attendre d'abord que tout le monde fût servi et qu'Élise eût quitté la salle à manger. Alors elle put enfin raconter son histoire.

Les garçons n'écoutaient que d'une oreille. Le fait même d'être tranquillement installés à table à manger du bœuf en daube et des pommes de terre faisait ressortir l'absurdité de la suposition qu'il pût y avoir des Peaux Rouges dans le voisinage.

« Moi, d'abord, dit Cyrille, la bouche pleine, je suis presque sûr que Jeanne a souhaité qu'il fît beau temps avant que j'aie parlé des Peaux Rouges. Passe-moi la moutarde, Robert. Ce bœuf est d'un fade ! On a de la peine à l'avaler.

— Tu te trompes, dit Jeanne d'un ton un peu sec.

— Mais s'il y avait des Indiens, reprit Cyrille, il y a longtemps qu'ils seraient à rôder par ici. Anna n'est qu'une petite sotte de nous avoir gâté notre après-midi.

— Voudrais-tu nous expliquer, alors, répondit Anna, pourquoi la Fée a eu ce ton ironique en nous disant que nous nous étions préparé une belle journée? »

Elle était d'assez mauvaise humeur, car elle sentait qu'elle avait agi avec courage et avec

Tout en débarbouillant l'Agneau,
Anna regardait par la fenêtre.

prudence. Et il est bien dur, après cela, de s'entendre appeler petite sotte. De plus, les sept francs quatre-vingts de la tirelire lui pesaient comme du plomb sur la conscience.

Il y eut un moment de silence pendant qu'Élise changeait les assiettes et apportait le dessert. Aussitôt qu'elle se fût retirée Cyrille revint à la charge :

« Naturellement c'est quelque chose d'être débarrassés

de Marthe et de l'Agneau jusqu'au soir, je ne dis pas le
contraire. Mais quant à des Peaux-Rouges, tu sais pourtant bien que les souhaits se réalisent à la minute. S'il
devait y en avoir, ils seraient là depuis longtemps.

— Il est bien probable qu'ils y sont en effet, répondit
Anna. Ils sont embusqués sans doute derrière les buissons.

— Les Indiens se mettent toujours en embuscade,
n'est-ce pas? dit Jeanne d'un ton conciliant.

— Pas du tout, dit Cyrille sèchement. Je répète que
c'est stupide d'avoir cassé le pot à eau, et quant à
l'argent des Missions, c'est tout simplement criminel de
l'avoir pris. On te couperait la tête, Anna, que je n'en
serais pas autrement surpris.

— Tais-toi donc, » fit Robert intervenant dans la discussion.

Mais Cyrille continua. Il sentait au fond que s'il y avait
vraiment des Peaux-Rouges dans le voisinage, ce serait à
lui la faute. Aussi préférait-il ne pas y croire.

« Est-ce assez idiot de vous faire des idées pareilles,
quand il est facile de voir que c'est le souhait de Jeanne qui
s'est réalisé. Regardez donc quel beau temps il fait.... Ah! »

Il s'était tourné vers la fenêtre pour leur montrer la
pureté du ciel — les autres en avaient fait autant — et les
paroles s'étaient figées sur ses lèvres.

Du milieu des feuilles de vigne vierge qui encadrait la
fenêtre un visage les épiait, un visage brun avec un long
nez, des lèvres minces et des yeux extraordinairement
brillants. Le visage était peint par places et dans les
longs cheveux étaient piquées des plumes!

Les enfants médusés étaient incapables de faire un
mouvement ou de prononcer une seule parole. Le pouding
refroidissait dans leurs assiettes.

Bientôt la tête hérissée de plumes se retira lentement
et le charme fut rompu. La vérité m'oblige à dire que les

premières paroles d'Anna furent bien celles, qu'à tort ou
à raison, on s'attend toujours à entendre sortir de la
bouche d'une femme.

« Là, dit-elle qu'est-ce que je t'avais dit! »

Le pouding avait décidément cessé de plaire pour

Au milieu des feuilles de
vigne vierge un visage
les épiait.

l'instant. Ils enveloppèrent vite chacun sa part dans le
dernier numéro de *Mon Journal* qu'ils recevaient régulièrement de France et cachèrent le tout derrière le
poële. Puis ils montèrent en courant à l'étage supérieur
pour examiner les alentours et tenir rapidement conseil.

« Faisons la paix, dit Cyrille quand ils furent réunis

dans la chambre de leur mère. Anna, je regrette d'avoir été si brusque.

— Oh, je ne t'en veux pas, fit Anna, mais tu vois que j'avais raison. »

Néanmoins on n'apercevait plus, par les fenêtres, aucune trace des Peaux-Rouges.

« Enfin, dit Robert, qu'est-ce que nous allons faire?

— La seule idée qui me vienne! dit Anna qui était maintenant reconnue pour être l'héroïne de la journée, c'est qu'il faudrait nous habiller le plus possible comme des Indiens. Nous pourrions alors guetter par les fenêtres, ou même sortir au jardin. Ils croiront peut-être que nous sommes les chefs puissants d'une grande tribu voisine, et ils n'oseront rien nous faire de peur d'une vengeance terrible.

— Mais Élise... et la cuisinière? objecta Jeanne.

— Tu oublies qu'elles ne peuvent rien voir d'extraordinaire. On les scalperait, ou on les brûlerait à petit feu qu'elles ne s'apercevraient de rien.

— C'est vrai, appuya Cyrille, Anna a raison. Mais il nous faudra une masse de plumes pour nous déguiser.

— Je vais descendre au poulailler, dit Robert. Il y a une vieille dinde qui est malade et qui ne sort plus jamais. Je pourrai facilement lui couper ses plumes, ça lui sera bien égal. Où sont les grands ciseaux de maman? »

Après une sérieuse reconnaissance, on se rendit compte qu'il n'y avait pas de Peaux Rouges aux environs du poulailler. Robert partit. Au bout de cinq minutes il revint, tout pâle, mais avec beaucoup de plumes.

« Vous savez, dit-il, c'est rudement sérieux. J'ai coupé les plumes de la dinde, et quand je me suis retourné pour sortir du poulailler, il y avait un Indien, blotti sous la vieille cage à poulets, qui me guettait. J'ai brandi mes plumes avec un hurlement sauvage, et j'ai décampé avant qu'il ait eu le temps de sortir de sa cage. Anna, va vite chercher sur nos lits les couvertures de couleur, dépêche-toi. »

On ne se figure pas comme quelques plumes et une couverture de couleur peuvent vous faire ressembler à

Il y avait un Indien blotti sous la vieille cage à poulets.

un Peau-Rouge. Il est vrai qu'aucun des enfants n'avait de longs cheveux noirs, mais ils possédaient quelques mètres de percaline noire, achetée pour recouvrir leurs livres de classe. Ils découpèrent, à même l'étoffe, de longues franges noires qu'ils se fixèrent autour de la tête avec des rubans de soie jaune détachés des robes de dimanche des fillettes. Puis ils plantèrent dans les rubans les plumes de la dinde. Les franges de percaline, vues d'un peu de loin, ressemblaient à s'y méprendre à de longs cheveux noirs, surtout lorsque le bout eut commencé à se tordre et à friser un peu.

« Mais nos visages, dit Anna, ne sont pas du tout de la bonne couleur. Je ne sais pas pourquoi, mais nous sommes tous pâles. Quant à Cyrille, il est blanc comme un linge.

— Ce n'est pas vrai, dit Cyrille.

« Les vrais Indiens, ceux de là dehors, ont l'air d'être marrons, se hâta d'interposer Robert, c'est une sorte de supériorité d'avoir la peau vraiment foncée quand on est un Peau-Rouge. »

L'ocre rouge dont se servait la cuisinière pour entretenir les briques de la cuisine fut ce que les enfants purent trouver de plus rouge dans la maison. Ils s'en badigeonnèrent consciencieusement les mains et le visage jusqu'à ce qu'ils fussent aussi rouges, sinon davantage, que n'importe quel Indien.

Ils surent bientôt qu'ils présentaient ainsi un aspect terrible, car lorsqu'ils rencontrèrent Élise dans le corridor, elle se mit à pousser des cris perçants. Ce témoignage désintéressé leur fut très agréable. Ils se hâtèrent de la rassurer et de lui expliquer que ce n'était qu'un jeu.

Nos quatre Peaux-Rouges sortirent hardiment à la rencontre de l'ennemi. Quand je dis hardiment, c'est peut-être une légère exagération. Tout le long de la haie de clôture on apercevait, de distance en distance, des groupes de têtes noires ornées de plumes.

« C'est notre seul espoir, dit Anna rapidement à voix basse. Cela vaut toujours mieux que d'attendre leur terrible et sanglante attaque : Prenons un air furieux. Cela s'appelle, je crois, « bluffer », comme à ce jeu de cartes où l'on essaie de faire croire aux autres qu'on a des as quand on n'en a pas. Et maintenant, poussons notre cri de guerre ! »

Avec des hurlements sauvages, les enfants s'élancèrent crânement vers la rangée de Peaux Rouges embusqués derrière la haie. Ils virent bientôt que les ennemis étaient tous à peu près de la taille de Cyrille.

« Pourvu qu'ils parlent notre langue ! dit celui-ci.

Sans trop savoir pourquoi. Anna en était persuadée. Elle avait attaché un grand mouchoir au bout d'une canne,

Tout le long de la haie de clôture
on apercevait des groupes de têtes armées de plumes.

pour figurer un drapeau parlementaire, qu'elle agita dans l'espoir que les Indiens sauraient ce que cela voulait dire.

Il faut croire qu'ils comprirent en effet, car le plus brun d'entre eux s'avança.

« Vous demandez à parlementer, dit-il en excellent anglais. Je suis Peau-de-Serpent de la puissante tribu des Grimpeurs de Rochers.

— Et moi, dit Anna, saisie d'une inspiration soudaine, je suis la Panthère Noire, chef de la tribu.... des.... Péko-Souchong. Mes frères.... non.... si pourtant, mes frères, les guerriers Souchongs, sont en embuscade là-bas, au pied de la colline.

— Et quels sont ces puissants guerriers? » demanda Peau-de-Serpent, se tournant vers les autres.

Cyrille répondit qu'il était le grand chef Écureuil de la tribu des Ouistiti. Puis, voyant que Jeanne se contentait de sucer son pouce et ne savait évidemment pas de quel nom s'affubler, il ajouta :

« Ce grand guerrier est Chat-Sauvage — nous l'appelons Gros-Minet dans ce pays — chef de la vaste tribu des félins de Gouttière.

— Et toi, valeureux Peau-Rouge qui es-tu? » demanda tout à coup Peau-de-Serpent en se tournant du côté de Robert, lequel, pris par surprise, put seulement répondre qu'il était le grand chef des gardes à cheval.

« A présent, dit la Panthère Noire, vous comprenez que nos tribus dépassent de beaucoup le nombre de vos guerriers. Nous avons qu'à siffler pour les faire accourir. Vous voyez donc que toute résistance est inutile. Retournez dans votre pays, ô mes frères, et fumez le calumet de paix sous vos wigwams, avec vos sqwaws et vos enfants. Mettez vos plus beaux habits et mangez en securité la chair succulente de vos mocassins.

— Tu te trompes tout le temps, murmura Cyrille d'un ton dépité, tu dis des bêtises. »

L'impassible Peau-de-Serpent se contenta de lancer à Anna un coup d'œil interrogateur.

« Vos coutumes ne sont pas les nôtres, Panthère Noire, fit-il au bout d'un moment. Amène ici les guerriers, tes frères, afin que nous puissions tenir conseil devant tous, comme il convient à de grands chefs.

— Ils seront là plus vite que tu ne penses, dit Anna, avec leurs arcs et leurs flèches, leurs tomahawks et leurs couteaux à scalper. Vous ferez donc bien de vous en aller au plus vite. »

Elle parlait bravement, mais leur cœur à tous battait à

se rompre. Ils étaient entourés de vrais petits Peaux-Rouges, aux visages sombres et cruels, qui les enserraient de plus en plus, en faisant entendre des murmures de colère.

« Cela ne prend pas, chuchota Robert, j'en étais bien

Je suis Peau-de-Serpent,
dit le Peau-Rouge.

sûr. Il n'y a qu'une chose à faire, c'est de faire une tentative pour nous échapper et d'aller retrouver la Fée. Elle seule peut nous aider. Si elle refuse... eh bien, je suppose que nous serons tout de même en vie après le coucher du soleil. Je me demande si cela fait aussi mal qu'on le dit, d'être scalpé !

— Je vais encore une fois agiter mon drapeau, dit Anna, s'ils reculent, courons aussi fort que nous pourrons. »

Elle agita le drapeau blanc et le chef ennemi fit reculer ses guerriers. Se dirigeant alors vers l'endroit où le cercle des Indiens paraissait le moins épais, les quatre enfants partirent grand train. Ils bousculèrent en passant une demi-douzaine d'Indiens et filèrent tout droit jusqu'à la sablonnière, poursuivis par la troupe hurlante des ennemis.

L'agile Peau-de-Serpent et la plupart de ses guerriers les rattrapèrent à l'endroit même où ils avaient vu la Fée des Sables dans la matinée.

A bout de forces, essoufflés et sans défense, les malheureux enfants attendaient leur sort. Des couteaux pointus étincelaient autour d'eux, brandis avec des hurlements féroces par les cruels guerriers de Peau de Serpent.

« Tu nous a menti, ô Panthère Noire des Péko-Souchon, et toi aussi, Écureuil de la tribu des Ouistiti. Vous autres aussi, vous avez menti, sinon en paroles, du moins par votre silence. Vous avez abusé du drapeau parlementaire pour essayer de nous tromper. Vous n'avez personne avec vous, vos guerriers sont au loin — à suivre le sentier de la guerre et vous êtes complètement en notre pouvoir. Quel sort allons-nous leur réserver? ajouta-t-il en se tournant vers ses Peaux-Rouges.

— Allumons du feu, préparons le poteau de supplice! » s'écrièrent les guerriers d'un commun accord. Aussitôt une douzaine de volontaires s'élancèrent à la recherche du combustible. Les quatre enfants, blêmes et défaits, tenus chacun par deux solides Indiens, jetaient autour d'eux des regards désespérés. S'ils pouvaient seulement apercevoir la Fée des Sables.

« Vous allez nous scalper d'abord, et nous brûler vifs ensuite? demanda Anna d'un ton angoissé.

— Bien entendu, fit Peau-de-Serpent, la regardant

d'un air surpris. C'est toujours ainsi que cela se pratique. »

Les autres Indiens, accroupis en cercle autour des enfants contemplaient leurs captifs en silence.
Ce fut un moment terrible.

Ils virent quatre de leurs ennemis qui dansaient une sarabande effrénée.

Bientôt, par deux et par trois, les Indiens qui étaient partis chercher du bois; revinrent les mains vides. Impossible de trouver le moindre petit bout de bois pour faire du feu. Le fait est que jamais personne n'en avait trouvé dans cette région aride et sablonneuse!

Les enfants poussèrent un soupir de soulagement qui se changea en un cri de terreur lorsqu'ils virent les couteaux étinceler au-dessus de leur tête. Chacun d'eux fut saisi par un robuste Indien. Ils fermèrent les yeux, s'efforçant de ne pas crier et attendirent la souffrance cruelle du couteau à scalper. Ils ne sentirent absolument rien.

L'instant d'après on les relâcha et ils tombèrent sur le sol, tremblant de tous leurs membres. La tête continuait à ne leur occasionner aucune souffrance. Ils y ressentaient seulement comme un froid glacial. Des cris de guerre sauvages retentissaient à leurs oreilles. Lorsqu'ils se risquèrent à ouvrir les yeux ils virent quatre de leurs ennemis qui dansaient autour d'eux une sarabande effrénée tout en poussant des hurlements féroces. Au bout de leurs longs bras ils brandissaient chacun un scalp de long cheveux noirs.

Ils portèrent leurs mains à leur tête, leurs véritables cheveux étaient intacts. Les ignorants Peaux-Rouges avaient bien scalpé leurs ennemis, mais en fait de chevelures, ils n'avaient réussis à leur enlever que les boucles de percaline noire! Les enfants tombèrent dans les bras les uns des autres, riant et pleurant à la fois.

« A nous leurs scalps, chantait le chef. Mal plantés étaient leurs cheveux, nous les avons eus sans lutte, sans résistance. Peau-de-Serpent est un grand chef, rien n'ose lui résister.

— Ils sont capables de venir nous scalper pour tout de bon, dit Robert. Tenez-vous donc tranquilles!

— Frustrés nous sommes de notre légitime vengeance, continua Peau-de-Serpent, mais il y a d'autres tortures que les flammes du bûcher. Et pourtant il n'y a rien de tel qu'un feu lent. Oh! monstrueux pays où l'on ne trouve même pas du bois pour brûler son ennemi. Où sont donc nos belles forêts où les grands arbres poussent par milliers. Ah, si nous pouvions seulement nous y retrouver! »

A l'instant même où le chef prononçait ces dernières paroles, le sable doré sembla tourner autour des enfants au lieu des sombres visages des Indiens. Tous les Peaux-Rouges avaient disparu. La Fée des Sables avait dû être là tout le temps. Elle avait immédiatement accordé à Peau-de-Serpent le souhait qu'il venait de formuler!

Le soir, Marthe rapporta un pot à eau identique à celui qui avait été brisé par Anna. Elle rapportait aussi l'argent de la tirelire.

« Ma cousine m'a fait cadeau du pot à eau, dit-elle aux enfants. Il était dépareillé, et elle n'a jamais voulu me le faire payer. Elle a dit que cela me porterait bonheur.

— Oh, Marthe, que vous êtes gentille! dit Anna en lui sautant au cou.

— Ma foi, dit Marthe, vous faites bien de profiter de moi pendant que vous m'avez. Je vais donner congé à Madame dès qu'elle sera de retour.

— Nous avons donc été si méchants avec vous? dit Anna tout interloquée.

— Ce n'est pas cela, Mademoiselle, répondit Marthe d'un air un peu gêné, mais c'est que je vais me marier avec le garde-chasse Beale. Il m'a déjà demandée plusieurs fois depuis le soir où il vous a ramenés de chez Monsieur le curé, vous savez bien, le jour où vous aviez été enfermés dans la tour de l'église. Et aujourd'hui je lui ai donné ma parole. »

Anna remit les sept francs quatre-vingts dans la tirelire qu'elle trouva moyen de recoller, et ce fut pour elle un grand soulagement, car elle n'est pas encore sûre, même aujourd'hui, de ne pas avoir couru le risque d'être guillotinée.

IX

LE DERNIER SOUHAIT

Vous qui en lisez le titre, vous comprenez tout de suite que ce chapitre va raconter le dernier souhait que Cyrille, Anna, Robert et Jeanne purent obtenir de la Fée des Sables. Mais eux ne s'en doutaient pas le moins du monde. Mille rêves dorés leur passaient par l'esprit.

Ce matin-là les enfants s'étaient levés de très bonne heure, et avant le déjeuner ils descendirent au jardin où ils discutèrent joyeusement leurs projets.

La vieille idée des deux mille francs tout en pièces de cinquante centimes était toujours très en faveur, mais il y en avait d'autres qui la suivaient de près. Celle qui se recommandait le plus à leur choix était de demander à la Fée quatre petits poneys, et il faut convenir que l'idée n'était pas mauvaise. Quel plaisir d'avoir chacun un mignon petit cheval qu'on pourrait monter toute la journée! Au coucher du soleil on le laisserait disparaître, pour le redemander le jour suivant, ce qui permettrait d'éviter les frais de litière et d'écurie.

Mais au petit déjeuner il arriva deux choses qui leur firent oublier tous leurs projets.

Ce fut d'abord une lettre de leur mère, annonçant que la parente malade allait beaucoup mieux, et que leurs parents espéraient arriver le jour même, dans l'après-midi. Des cris de joie accueillirent cette nouvelle. Naturellement cela changeait tous les plans formés avant le déjeuner. Chacun des enfants pensa tout de suite que le souhait de ce jour-là devait être quelque chose qui pût faire plaisir à leur mère.

Pendant qu'ils discutaient cette question, Marthe apporta le chocolat. Son visage avait une expression effarée.

« Une vraie bénédiction que nous soyons encore en vie! dit-elle d'un ton tragique.

— Qu'est-ce qu'il y a? Qu'est-il arrivé? s'écrièrent tous les enfants.

— Oh, seulement que par le temps qui court personne ne peut être certain qu'il ne sera pas assassiné dans son lit.

— Comment? demanda Jeanne, pendant qu'un frisson d'horreur la parcourait tout entière. Quelqu'un a été assassiné dans son lit?

— Pas précisément, dit Marthe, mais cela aurait très bien pu arriver. Il y a eu des voleurs au château, — le garde-chasse vient de me le raconter. On a pris tous les bijoux de la comtesse Chittenden. Il paraît qu'elle s'est évanouie à plusieurs reprises, en disant chaque fois qu'elle revenait à elle : Oh, mes diamants, mes diamants! Et justement le comte est en voyage.

— La comtesse Chittenden! dit Jeanne. Mais nous la connaissons. C'est une dame qui n'est pas gentille et qui n'aime pas les enfants.

— Elle ne tient qu'à la richesse. On dit qu'il y en avait pour des mille et des mille. Il y avait un collier et une rivière, par exemple, je ne sais pas ce que cela peut être,

et un tas de bracelets et de bagues et une tiare.... Mais je
ne peux pas rester à causer, j'ai toute la maison à nettoyer avant l'arrivée de Madame.

— Je ne vois pas pourquoi elle aurait tant de diamants,
dit Anna quand Marthe les eut quittés précipitamment.
Maman n'en a pas du tout, et presque pas de bijoux.

. Pendant qu'ils discutaient cette question, Marthe avait apporté le chocolat.

— Quand je serai grand, dit Robert, je lui en achèterai
tant qu'elle voudra. Je gagnerai tant d'argent en Afrique
que je ne saurai qu'en faire.

— C'est ça qui serait gentil, dit Jeanne d'un air
rêveur, si maman pouvait trouver toutes ces belles choses
dans sa chambre quand elle reviendra — les bagues et
les colliers et les tares !

— Tiares, corrigea Cyrille.

— Les tiares, fit Jeanne docilement, et puis la rivière.
Non, ce que je le voudrais ! »

Les autres la regardèrent effarés.

« Ça y est, dit Robert. Elle les y trouvera, tu peux y compter. Tu as souhaité, ma pauvre Jeannette, et cela va encore être du joli ! Notre seul espoir c'est que la Fée soit bien disposée ce matin, et qu'elle consente à annuler le souhait. Autrement, je ne sais vraiment pas ce qui va arriver !..... la police, probablement. »

Mais ils jouaient de malheur ce jour-là. Impossible de trouver la Fée..., ni les bijoux, d'ailleurs, malgré une recherche minutieuse dans la chambre de leur mère.

C'est bien naturel, dit Robert. Ce n'est pas nous qui devons les trouver, c'est maman. Et qu'est-ce qu'elle en fera ? Jamais elle ne se doutera que ce sont des bijoux volés.

« Ma foi, tant pis, dit Anna résolument. Nous raconterons la vérité à maman. Elle rendra les bijoux et tout sera dit.

— Ah tu crois ça ? fit Cyrille en haussant les épaules.

— Tu penses qu'elle se laissera raconter des histoires pareilles, elle qui n'a pas vu la Fée des Sables ? C'est-à-dire qu'elle nous croira fous à lier et qu'on nous enverra tous dans un asile d'aliénés. C'est ça qui sera drôle, d'être enfermés dans une cage de fer avec des barreaux et des murs capitonnés, d'avoir la camisole de force et d'entendre hurler les fous nuit et jour ! Mettez-vous bien dans la tête, tous tant que vous êtes, qu'il faut bien se garder de rien raconter à maman. »

Les autres sentirent bien qu'il avait raison. Ils échangèrent des regards pleins d'inquiétude et d'appréhension.

« Après tout, dit enfin Anna, les choses ont toujours fini par s'arranger les autres fois. Allons toujours mettre des fleurs dans les vases et ne pensons plus aux diamants. »

Ils remplirent tous les vases de roses, de pivoines, et d'œillets. La maison embaumait.

Bientôt après le dîner, leur mère arriva. Les enfants

Impossible de trouver les bijoux,
malgré une recherche minutieuse.

se jetèrent à son cou, voulant tous l'embrasser à la fois et la serrant à l'étouffer. Il était bien difficile de ne pas lui raconter immédiatement toute l'histoire de la Fée des Sables, car ils avaient l'habitude de tout lui dire. Mais la peur de la maison de fous les retint.

De son côté, leur mère avait mille choses à leur raconter.

Elle était ravie de se retrouver au milieu de ses enfants et fut charmée de l'aspect fleuri de la maison.

Mais quand elle voulut monter dans sa chambre pour se débarrasser de son chapeau, quatre paires de bras l'étreignirent.

« Ne te donne pas la peine, petite maman chérie, dit Anna, laisse moi-monter tes affaires.

Ou bien moi, appuya Cyrille.

— Viens donc voir le grand rosier, proposa Robert. Il est tout en fleurs.

— Oh, ne monte pas! fit Jeanne d'un ton lamentable.

— Allons donc, mes chéris, dit leur mère gaiement. Je ne suis pas encore si vieille que je ne puisse pas monter dans ma chambre pour ôter mon chapeau. D'ailleurs, je veux me laver les mains. »

Elle monta donc, suivie des enfants qui échangeaient des coups d'œil pleins de sombres pressentiments.

Elle enleva son chapeau qu'elle posa sur le lit, puis elle se dirigea vers sa table de toilette pour arranger ses cheveux devant la glace.

Sur la table, à côté d'une pelotte à épingles, se trouvait un écrin vert foncé. Elle l'ouvrit.

« Oh, que c'est beau! s'écria-t-elle. C'était une bague, un superbe saphir, cerclé de brillants. D'où cela peut-il venir? ajouta-t-elle en passant la bague à son doigt. Sans doute votre père a chargé Marthe de la poser ici. Je vais descendre le lui demander.

— Laisse-nous la regarder pendant que tu descends, » dit Anna, sachant que Marthe ne pourrait voir la bague.

Leur mère revint bientôt dans la chambre. Ni Marthe, ni Élise, ni la cuisinière n'avaient entendu parler d'une bague. En ouvrant le tiroir de la toilette, elle trouva un superbe écrin contenant un collier de diamants d'une valeur presque inestimable. Puis, dans l'armoire à glace, où elle alla poser son chapeau, elle aperçut la tiare et plusieurs broches. Enfin le reste des bijoux surgit dans

Les enfants se jetèrent à son cou.

différents coins de la chambre pendant la demi-heure
qui suivit.

La mère n'en croyait pas ses yeux, les enfants étaient
de plus en plus gênés et Jeanne se mit à pleurnicher.

« Jeanne, je suis sûre que tu sais quelque chose. Voyons, réfléchis bien avant de parler, et dis-moi la vérité.

— Nous avons fait la connaissance d'une fée..... commençait Jeanne docilement.

— Ne dis donc pas des bêtises, interrompit sa mère avec sévérité.

— Ne sois donc pas ridicule, Jeanne, fit alors Cyrille. Puis il ajouta résolument : Écoute, maman. C'est la première fois que nous voyons ces bijoux. Mais on nous a dit que la comtesse Chittenden a eu tous ses diamants volés la nuit dernière. C'est peut-être ceux-là ? »

Les autres poussèrent un soupir de soulagement. Ils étaient sauvés.

« Mais comment les voleurs ont-ils pu faire pour les mettre ici? Et qu'est-ce qui a pu leur donner cette idée? objecta la mère assez justement. Il leur était certainement plus facile de se sauver avec.

— Ils ont peut-être voulu attendre la nuit pour les emporter, dit Cyrille. Et personne que nous ne se doutait que tu revenais aujourd'hui.

— En tout cas, il faut que j'aille prévenir la police tout de suite. Quel dommage que votre père ne soit pas ici!

— Ne vaudrait-il pas mieux attendre son arrivée? dit Cyrille, qui savait que son père ne devait rentrer qu'après le coucher du soleil.

— Oh non, c'est une trop grande responsabilité, s'écria la mère en se tournant vers le lit sur lequel tous les bijoux étaient étalés. »

Aidée des enfants, elle transporta tous les écrins dans l'armoire à glace où elle les enferma à double tour. Puis elle appela Marthe.

« Marthe, fit-elle, quelqu'un d'étranger est-il entré dans ma chambre pendant mon absence?

— Non, madame, répondit Marthe, puis, se reprenant :
c'est-à-dire....

— Allons, lui dit sa maîtresse avec bonté, je vois qu'il

« Nous avons fait la connaissance d'une fée, » commença Jeanne.

est entré quelqu'un. Il faut me dire la vérité. Vous n'avez
rien à craindre, je sais bien que vous n'avez été mêlée
en rien à tout cela. »

Marthe éclata en sanglots.

« Oh, non, Madame. J'allais justement donner congé
à Madame pour la fin du mois.... Je dois me marier

avec un jeune homme très bien, Madame. Il s'appelle
Beale, il est garde-chasse de son état. Madame est revenue
si subitement, elle nous a prévenu si peu à l'avance, que
Beale, par simple bonté de cœur, m'a offert de me donner
un coup de main avec l'ouvrage. Il m'a aidée à nettoyer
les fenêtres.... Mais du dehors, madame, il a été tout le
temps dehors, pendant que moi j'étais dedans. C'est la
vérité, madame, la pure vérité.

« Et vous ne l'avez pas laissé seul un instant?

— Non, madame, j'étais là tout le temps... excepté
un petit moment où je suis allé à la cuisine chercher un
linge que cette peste d'Élise avait caché derrière le
fourneau.

— Cela suffit, Marthe, dit sa maîtresse. Je ne suis pas
contente de vous; mais vous m'avez dit la vérité et c'est
bien quelque chose. »

Quand Marthe fut redescendue, tous les enfants se
suspendirent à leur mère.

« Oh, maman, s'écria Anna, ce n'est sûrement pas la
faute de Beale! tu ne le laisseras pas emmener en prison,
dis, maman? »

C'était vraiment terrible. Un homme innocent soup-
çonné de vol par suite d'un souhait ridicule de Jeanne.

« Peut-on avoir une voiture par ici? demanda la mère,
fiévreusement. Il faut que j'aille tout de suite à
Rochester faire une déclaration à la police.

— Il y a une voiture à la ferme, répondit Cyrille,
pendant que les autres répétaient en sanglotant : Oh, n'y
va pas, maman... n'y va pas.... Attends que papa
revienne! »

Mais leur mère ne voulut pas se laisser convaincre.

« Écoute, Cyrille, dit-elle tout en mettant son chapeau,
je te confie la garde de ma chambre. Reste dans le
cabinet de toilette, tu feras semblant de t'amuser à

faire marcher des bateaux dans la baignoire. Dis que je t'ai permis, mais sous aucun prétexte ne t'avise d'en sortir. Laisse ouverte la porte qui donne sur le palier, je vais fermer l'autre à clef. Surtout ne laisse entrer

Marthe éclata en sanglots.

personne dans ma chambre... toi, Robert, tu resteras au jardin à surveiller les fenêtres.... Si quelqu'un fait mine d'entrer, courez à la cuisine prévenir les deux hommes de ferme que je vais y envoyer. Je leur dirai qu'il y a des rôdeurs dangereux dans le voisinage... ce qui n'est que trop vrai. »

Elle ferma la porte de sa chambre à clef et partit en mettant la clef dans sa poche.

Robert descendit au jardin, où il s'assit sur l'herbe jaunie en se prenant la tête à deux mains d'un air abattu. Cyrille se mit rageusement à faire un bateau en papier qu'il fit flotter dans la baignoire, mais il ne semblait pas y trouver grand plaisir. Les fillettes causaient entre elles à voix basse.

« C'est du joli, leur dit Cyrille. En admettant même que vous deux vous vous mettiez à la recherche de cette maudite Fée des Sables, et qu'elle consente à faire disparaître les bijoux, maman croira seulement que nous avons mal surveillé et que les voleurs sont venus les reprendre. Et la police dira que c'est nous qui les avons pris ou que maman s'est moquée d'eux.

— Et puis nous ne savons même pas si tous les bijoux sont bien là. S'il en manque on va se figurer que papa et maman les ont gardés et qu'ils en ont seulement donné une partie pour mieux donner le change. Et on les mettra en prison.

— Mon Dieu, qu'est-ce qu'il faut faire? dit Jeanne.

— Rien, mais il faut toujours nous mettre à la recherche de la Fée. Comme il fait très beau cette après-midi, elle sera peut-être à se chauffer au soleil.

— Oh, il n'y a pas de danger qu'elle veuille nous accorder un deuxième souhait aujourd'hui, dit Jeanne tristement. Je crois, d'ailleurs, qu'elle commence à en avoir assez de nous. On dirait qu'elle déteste nous accorder des souhaits. »

A ces mots, Anna, qui avait d'abord baissé la tête avec découragement, se redressa avec un éclair de joie dans les yeux.

« Qu'est-ce qu'il y a? demanda Jeanne. As-tu trouvé quelque chose?

— Il m'est venu une idée qui est peut-être bonne. En tous cas c'est notre seul espoir. Viens vite. »

Elles partirent en courant. Oh, joie! la Fée était bien dans la sablonnière. Elle se chauffait dans le sable doré et se lissait les moustaches, tout heureuse de ce soleil

Anna saisit la fée par l'épaule.

radieux. Aussitôt qu'elle les aperçut, elle se mit à creuser rapidement le sable avec l'intention de s'y enfouir. Elle préférait évidemment la solitude. Mais Anna fut plus prompte qu'elle. D'un bond elle fut sur la Fée, la saisit par les épaules et la maintint fermement quoique avec douceur.

« Qu'est-ce que c'est que ces manières? Voulez-vous bien me laisser tranquille! »

Mais Anna ne lâcha pas son étreinte.

« Chère bonne Fée chérie, lui dit-elle, tout d'une haleine.

— Oui, oui, tout cela est très gentil, mais je vous vois venir. Vous allez encore me demander quelque chose. Je ne suis pas une esclave, après tout, et je ne peux pas être du matin au soir à la disposition des gens. Il faut aussi que j'aie du temps à moi.

— Cela vous ennuie donc beaucoup d'accorder des souhaits? fit Anna d'une voix tremblante d'émotion.

— Je crois bien. Vous n'avez pas idée comme c'est pénible.

— Eh bien, écoutez! Si vous voulez seulement faire ce que nous désirons aujourd'hui, je vous promets que nous ne vous demanderons plus jamais rien de notre vie. »

La Fée parut se radoucir.

« Je ferais n'importe quoi, dit-elle avec des larmes dans la voix, je vous accorderais tout ce que vous voudriez pour que jamais, jamais plus vous ne veniez rien me demander à partir d'aujourd'hui. Si vous saviez comme je déteste me gonfler ainsi pour accomplir les souhaits des gens! Se réveiller tous les matins, sachant que cette corvée vous attend, vous ne vous figurez pas ce que cela vous pèse! »

L'émotion lui coupa la parole, et ces derniers mots s'échappèrent en un gémissement.

« Ce sera bientôt fini, dit la compatissante Anna. Nous vous promettons de ne plus jamais rien vous demander après aujourd'hui.

— Eh bien, finissons-en le plus vite possible.

— Combien de souhaits pouvez-vous nous accorder?

— Je ne sais pas. Autant que mes forces me le permettront. Trois ou quatre peut-être.

— Eh bien, d'abord, je souhaite que la comtesse Chittenden découvre qu'elle n'a jamais perdu ses diamants. »

La Fée se gonfla, puis revint à sa taille normale en disant : C'est fait.

Alors la fée s'enfouit dans le sable.

« Je souhaite, dit Anna plus lentement, que maman ne puisse pas aller trouver la police.

— Ça y est ! dit la Fée après l'intervalle nécessaire.

— Et moi je souhaite, dit Jeanne tout à coup, que maman oublie complètement cette histoire de bijoux.

— C'est fait ! dit encore l'étrange créature, mais sa voix devenait plus faible.

— Voulez-vous vous reposer un peu ? dit Anna toujours prévenante et pleine d'égards pour les autres.

— Oui, cela me fera du bien, dit la Fée. Et avant de continuer, je vous prierai de souhaiter quelque chose pour moi.

— Vous ne pouvez donc pas réaliser vos propres souhaits?

— Bien sûr que non. Au bon vieux temps des Mégathériums, toutes les Fées des Sables se réunissaient au point du jour, et se rendaient réciproquement ce service. Souhaitez, je vous prie, qu'aucun de vous ne puisse jamais parler de moi à personne.

— Pourquoi donc? demanda Jeanne.

— Pourquoi? Mais vous ne comprenez donc pas que si vous parlez de moi à des grandes personnes, je n'aurai plus un seul instant de repos. Du soir au matin on viendra me trouver pour me demander toute espèce de choses. Et pas de simples bagatelles comme vous, mais des choses difficiles à réaliser : la paix universelle, le désarmement général, la nationalisation du sol, le monde entier serait sens dessus dessous ».

Anna répéta le souhait de la Fée, qui se gonfla comme elle ne l'avait encore jamais fait.

« A présent, dit-elle en s'effondrant sur le sable, que puis-je encore faire pour vous?

— Une seule chose, et je pense que cela arrangera tout. Je souhaite que Marthe ne se rappelle pas qu'on lui a parlé d'une bague, et que maman oublie que le garde-chasse est venu aider à nettoyer les vitres.

— C'est fait, dit la Fée des Sables d'une voix éteinte; je suis presque à bout de forces; y a-t-il autre chose?

— Non, c'est tout, excepté que nous vous remercions de tout notre cœur de ce que vous avez fait pour nous. J'espère que vous aurez un long et reposant sommeil.

— Est-ce un souhait? demanda la Fée d'une voix si faible qu'on l'entendait à peine.

— Oui, s'il vous plaît; dirent les petites filles en même temps. »

Alors, pour la dernière fois, elles virent la Fée se gonfler, après quoi elle leur fit un petit signe de tête amical, rentra ses longs yeux d'escargot et s'enfouit lentement dans le sable.

« J'espère que nous avons bien demandé tout ce qu'il fallait, dit Jeanne.

— J'en suis sûre, dit Anna. Rentrons vite à la maison rassurer les garçons. »

Anna trouva Cyrille penché d'un air sombre sur ses bateaux en papier et lui raconta tout. Jeanne en fit autant pour Robert.

Elles finissaient leur récit lorsque leur mère arriva, ayant très chaud, et couverte de poussière. Elle leur expliqua qu'ayant voulu se rendre à Rochester pour y faire des emplettes, l'essieu de la voiture s'était rompu, et que si la route n'avait pas été si étroite à cet endroit-là et resserrée entre deux talus, elle aurait certainement été projetée hors la voiture. Elle n'avait eu aucun mal, mais elle avait dû revenir à pied.

« Je meurs de soif, mes chéris, ajouta-t-elle. Il me faut une tasse de thé. Courez vite à la cuisine voir s'il y a de l'eau bouillante.

— Tu vois que tout va bien, murmura Jeanne : Elle ne se rappelle plus rien.

— Ni Marthe non plus, » dit Anna qui avait été demander le thé.

À l'heure du souper, le garde-chasse entra dans la cuisine. Il apportait la bonne nouvelle que les bijoux de la comtesse n'avaient pas du tout été volés. Le comte les avait emportés pour les faire nettoyer et pour faire changer quelques-unes des montures. Il voulait faire cette surprise à la comtesse et c'est pourquoi il avait pris les bijoux sans rien dire. Tout était donc pour le mieux.

« Je me demande si nous reverrons jamais la Fée? dit Jeanne comme les enfants erraient dans le jardin pendant que leur mère couchait l'Agneau.

— Je suis bien sûr que nous la reverrons, si nous le souhaitons vraiment, dit Cyrille.

— Mais nous avons promis de ne plus jamais faire de souhait, fit Anna.

— Du reste, moi, je ne m'en soucie guère, conclut Robert. »

Néanmoins, les enfants revirent bien un jour la Fée des Sables. Mais plus dans une sablonnière. C'était dans un endroit très, très différent. C'était...... Mais je ne vous en dirai pas davantage aujourd'hui.

FIN

TABLE DES MATIÈRES

1355-05. — Coulommiers. Imp. PAUL BRODARD. — 6-05.

Original en couleur

NF Z 43-120-8

www.ingramcontent.com/pod-product-compliance
Lightning Source LLC
Chambersburg PA
CBHW070848030726
47504CB00005B/1258